A MALDIÇÃO DE ONDINA

Coleção Gente Pobre:

1. INVENÇÃO DE ONIRA
   Sant'Ana Pereira

2. A MULHER, O HOMEM E O CÃO
   Nicodemos Sena

3. DEUS DE CAIM
   Ricardo Guilherme Dicke

4. O SAL DA TERRA
   Caio Porfírio Carneiro

5. GENTE POBRE
   Fiodor Dostoievski

6. A MALDIÇÃO DE ONDINA
   António Cabrita

7. SELVA TRÁGICA
   Hernâni Donato

Próximos lançamentos:

OS DE BAIXO
Mariano Azuela

SOMBRAS SOBRE A TERRA
Francisco "Paco" Espinola

O PÁSSARO DA ESCURIDÃO
Eugênia Sereno

OS VIRA-LATAS DA MADRUGADA
Adelto Gonçalves

A ESPERA DO NUNCA MAIS
Nicodemos Sena

CAVALOS SELVAGENS
Silas Corrêa Leite

DIÁRIO DE UM MÉDICO LOUCO
Edson Amâncio

António Cabrita

A MALDIÇÃO DE ONDINA

Romance

LetraSelvagem

Grafia atualizada segundo o Acordo Ortográfico da Língua Portuguesa de 1990, que entrou em vigor no Brasil em 2009.

Direitos desta edição reservados à
Associação Cultural LetraSelvagem:
Praça Santa Cruz da Exaltação, 21 – Jd. Maria Augusta - Taubaté-SP/Brasil – CEP 12.080-540. Telefone: (55) (12) 3635-3769.
E-mail: letraselvagem@letraselvagem.com.br
Sítio: www.letraselvagem.com.br

Diagramação: Cesar Neves Filho
Capa: James Cabral Valdana
Gravura da capa: 'corpos suados', de Ícasse Ekson Malendza
Foto do autor: Amadeu Baptista
Preparação de texto: Nicodemos Sena
Revisão: Marli Perim e Juliana Perim

Prefácio: Maurício Melo Júnior
Posfácio: Adelto Gonçalves

O logotipo LetraSelvagem *foi idealizado a partir de cerâmica Aruak, padrões utilizados nas bordas dos vasos, compilados por Koch-Grünberg em 1910.*

Coleção Gente Pobre
Organizador: Nicodemos Sena

Dados Internacionais de Catalogação na Publicação (CIP)
(LetraSelvagem, Taubaté, SP, Brasil)

Cabrita, António, 1959.
A Maldição de Ondina / António Cabrita. -
Taubaté, SP: LetraSelvagem, 2011.
248 p.
1000 exemplares

ISBN 978-85-61123-08-6

1. Literatura Portuguesa - Romance
I. Título. CDD - 890

coleção gente pobre Vol. 6

SUMÁRIO

Prefácio

ELOGIO AO DIÁLOGO

Por Maurício Melo Júnior (*)

Corria o ano de 2001 e eu pelejava para consolidar um projeto com todas as possibilidades de fracasso, a manutenção de um programa televisivo semanal plenamente dedicado à literatura. Neste propósito desembarquei em Belém do Pará, na Amazônia brasileira. A missão era entrevistar os escritores que circulavam pela primeira edição da Feira Pan-Amazônica do Livro. Ali conheci o poeta António Cabrita, então mandatário da Íman Edições, editora sediada em Portugal, que trazia a lume um romance inédito de Vicente Franz Cecim, *Ó Serdespanto*.

Conversamos um bocado. Chamou minha atenção o interesse pela literatura brasileira, por querer divulgá-la em outros países lusófonos. Chegou a comentar a incapacidade do escritor brasileiro em traduzir a emoção de um jogo de futebol. Dizia-se espantado com o fato do intelectual simplesmente desprezar a mais popular de nossas expressões esportivas. E se dispunha a publicar uma antologia de contos que versasse sobre o assunto. Acho até que tudo isso foi conversado na entrevista que fiz com Cabrita para o programa Leituras, da TV Senado.

Na despedida prometi ajudá-lo com a antologia e logo esqueci a promessa, e logo perdi seu contato.

Dez anos correu o calendário.

Nunca mais voltei à Feira Pan-Amazônica, mas

continuo a ler a prosa inquietante de Vicente Franz Cecim. Seu romance *Ó Serdespanto* ganhou, em 2006, uma edição pela Bertrand Brasil e permaneceu neste estranho limbo onde costumamos depositar talentos. O programa Leituras conseguiu se firmar e acompanhou de perto o crescimento do panorama literário. Nossos espaços são bem mais amplos, embora continuemos a dar pouca atenção ao futebol e ainda mantemos a indiferença quando nos encontramos com o novo, o revolucionário, o inusitado.

É neste tempo renovado que António Cabrita nos revisita.

Seu romance *A Maldição de Ondina* enquadra-se bem na nova ordem literária que vivemos. Trata-se de uma espécie de elogio ao diálogo entre as diferenças. Paulatinamente vão surgindo personagens díspares, opostos mesmos que num determinado momento se unem na consagração da vida. Naturalmente que tais seres trafegam em cordas bambas, têm as horas equilibradas entre as dores e os prazeres, mas são em suma reflexos dos choques e dos encontros dos contrários.

A narrativa se passa em Maputo, Moçambique, o que por si só já acentua o diálogo. Seu autor, um português, desembarca na antiga colônia com olhos de parceiro, não de dominador. E isso faz toda a diferença, pois assim se busca entender o outro e encontrar as linhas que os amarram num abraço solidário. Como Portugal, a antiga colônia transita entre o velho e o novo, entre o arcaico mais profundo das tradições e a liberdade mais intensa da modernidade.

Este jogo de contrastes põe a prosa de Cabrita em sintonia com a literatura lusófona moderna, uma expressão artística onde se encaixa com perfeição, claro, o Brasil. Aqui também falamos de diferenças, de contrastes, praticamos diariamente o exercício da metralhadora giratória que busca todos os alvos ao mesmo tempo. Naturalmente que há os caolhos enxergando apenas uma faixa limitada e restrita de nossa literatura, mas na verdade carregamos todos os nossos sentimentos numa imensa e ampla sacola.

Em linhas gerais o leitor que partir do Centro-Oeste vai encontrar uma escola híbrida, onde a solidão e a violência dos grandes centros urbanos fazem contraponto ao ambiente lúdico e bucólico das cidades perdidas no tempo, mas onde já aportaram outras solidões, outras violências. No Norte se alevanta uma gigantesca onda poética. Ali o trabalho se dá ao nível dos mitos. A imensa floresta é ainda uma esfinge a ser desvendada e dela ressoam os cânticos que pousam na prosa e na poesia do lugar. Tudo tão antigo e, paradoxalmente, tão inaugural. O Nordeste preserva o canto rude, rústico e seco. Os sertões foram povoados por tecnologias, modernidades, novidades, barulhos novos, mas não perderam o sabor da jaca, da pitanga. Novos coronéis, novos jagunços, novos sentimentos e apreensões. Isso sem falar do assalto urbano a invadir as passadas comunidades *rurbanas*, no acertado dizer de Gilberto Freyre. No Sudeste o desenho é de um urbanismo puro. Até mesmo os ambientes encravados nas serras, nos campos estão empesteados por esta retórica alucinada da velocidade. Todos se atropelam em todos os sentidos. Os sentimentos também se impregnam com as cores da urgência. E tudo é carne e dor, violência até mesmo no gesto simples da paixão. Ao Sul, enfim, as linguagens são múltiplas. O campesino sobrevive sim, mas já está prenhe de outras vidas que se traduzem de forma gutural e alemã, gesticular e italiana, melodiosa e espanhola. Os sentimentos gestados nas ruas de mil automóveis parecem não se incomodar com os apelos sonoros e seguem plácidos, embora guardem no peito vulcões em constante e fatídica erupção.

A rigor não temos uma escola hegemônica. Nada toca o enleio desta nação e a unifica sentimentalmente. E isso é muito bom, pois favorece a criativa diversidade. E antes que me esqueça, os que defendem a urbanidade como sentimento de unificação de nossa literatura enganam-se, posto que o fenômeno é mais uma questão sociológica que literária. Há muito deixamos de ser um país agrário em essência.

O fato é que não nos distanciamos do ambiente literário lusófono.

Naturalmente que nossa identificação mais imediata se dá com Portugal, no entanto há uma curiosa e criativa persistência nos dois lados do Atlântico. Enquanto na margem de cá somos mais libertários com a língua e amamos todas as possibilidades dos neologismos, do lado de lá se preserva mais a linguagem clássica e formal. Mesmo trabalhando com este limitador, no entanto, nossos irmãos criam uma literatura inovadora e riquíssima do ponto de vista vernacular. Condições históricas recentes levaram o país a um quase isolamento. Quando, enfim, abriram-se as portas encontrou-se uma língua preservada em sua essência, ainda pouco afetada por estrangeirismos desnecessários. O fenômeno, aliado ao espírito conservador de seus escritores – no bom sentido do termo – criou uma sonoridade nova, inaugural para nossos ouvidos estrangeiros.

Reconheço não ter leitura suficiente para falar com propriedade, com intimidade da literatura dos outros países lusófonos, mas o que me chega às mãos dá-me um divino alumbramento. Encanta-me o novel sotaque que alia as tradições portuguesas com as ousadias brasileiras. Vários autores modernos destes países tranquilamente, sem pejo, falam das várias influências que sofreram. Num primeiro momento estão os autores clássicos, depois lhes chegam o som renovador dos modernistas e, finalmente, a alegoria das telenovelas. Todas estas frentes gestaram uma literatura inquietante, fascinante. As paisagens, com suas misérias e seus encantos, dançam diante dos olhos do leitor. As guerras e outras tantas atrocidades humanas até se suavizam, mesmo sem perder o dolorido realismo. Enfim, chegam ao estágio maior da literatura: divertir, educar, refletir.

Todos estes elementos são possíveis de se encontrar no texto de António Cabrita. Sua condição de homem de vários mundos termina por favorecer a junção num único espaço dos sentimentos e da prosódia de todos os cantos onde chega a língua portuguesa. "Separada do seu homem há dez dias, por uma bala que engarrafou sua alma", conta o escritor de uma mulher. E com frases seguras assim vai literalmente engarrafando a alma do leitor num ambiente onde se respira lusofonia, mesmo quando Rita Hayworth dança numa sala de Moçambique. Também aqui é o sentimento português de envolvimento com o estrangeiro, de troca permanente que sobrevive.

António Cabrita traz a capacidade de domar o espírito aventureiro e conservador de Portugal. E isso é o cerne de nossa alma universal.

(*) Maurício Melo Júnior é escritor, jornalista, crítico literário e professor do CEUB-Centro de Ensino Universitário de Brasília; autor, entre outros, de *A revolta do cascudo* e *O palhaço que perdeu o riso*; apresentador do programa Leituras, da TV Senado.

À memória de Noémia de Sousa,
poeta moçambicana, que me contou
a história da Ilha

"... se segue que o poeta deve ser mais fabulador do que
versificador; porque ele é poeta pela imitação e porque
imita ações. E ainda que lhe aconteça fazer uso de
sucessos reais, nem por isso deixa de ser poeta,
pois nada impede que algumas das coisas,
que realmente acontecem, sejam, por
natureza, verossímeis e possíveis e,
por isso mesmo, venha o
poeta a ser autor delas"

ARISTÓTELES

"Siento que nado dormido dentro de un tonel de vino.
Nado com las dos manos amarradas"

JOSÉ LEZAMA LIMA

A MALDIÇÃO DE ONDINA

TÁBUA DAS PERSONAGENS

César, luso-moçambicano, escritor e professor.

Raul, amigo de César, polícia.

Argentina, antiga namorada de César, gestora numa ONG.

Beatriz, atual esposa de César, professora universitária da área das Literaturas Africanas.

Aurora, cozinheira.

Filipa, irmã de César, médica.

Rita Hayworth.

A MORTALHA

1

Assusta-a a rudeza do mais velho, o seu rosto de ratazana esgalgada; o olhar indecifrável do outro, o Gago. São os seus cunhados. Chegados há uma semana a Maputo para o enterro do seu marido.

Não param de manducar, de clamar por bebida, de vasculhar tudo na casa, metediços. A casa de banho ficou ocupada vitaliciamente (descobriu que o mais novo penteia o bigode com a sua escova de dentes), nos intervalos de emporcalharem lençóis, as toalhas de mesa, os sofás, de ranho e merda e vinho e esperma. Mal acorda, ainda enevoada, vê-os a adejar pela casa, sem decoro, os maxilares infatigáveis com que retalham o dia, enquanto plangem guitarras nas marrabentas (*"k'há n'pfa ndy nga psi tive/Eh psaku ku unandi ka Mandjólò"*)[1] e o movimento dos lábios suplica por reforço: – Ma-ma-mã, tou-tou a pe-pe-dir...

A sua mãe, farta daqueles modos, resolvera voltar a casa e levar as crianças, advertindo-a na porta, esta gente

[1] Marrabenta é um ritmo musical popular, muito cultivado na periferia urbana de Maputo. (N. do E.)

não presta, se armarem confusão fala com o polícia do sétimo. E fora, as crianças de olhos pisados pelo choro. O polícia do sétimo... – sentira um arrepio, e veio-lhe – o homem que prendeu o meu marido.

– Ma-mamã... – pede de viés o menos abrutalhado. – Me me dá vi-nho!

O outro, na varanda, fuma, desconcerta a paisagem. Assim que chegaram gabaram a vista, "já ouvira dizer que a casa do mano ficava no alto, mas este alto, xii, é graúdo", explicou a ratazana, expondo pela primeira vez as gengivas em sangue, que a arrepiavam. Depois se apercebeu, o que os animava não era a vista mas os dois vasos de maconha que o marido pusera na varanda.

Só vira três vezes aqueles irmãos do marido. Quando fora apresentada à família dele, no casamento, e na segunda vez que subiram à Beira[2], nascida a mais nova, para mostrar a miúda. Sempre a incomodaram aquelas gengivas em sangue, o verdete daquele canino talhado a meio. Na Beira, o Ratazana tinha duas mulheres e nove filhos, e vivia de biscates. O outro, professor primário, fora deixado pela mulher, depois de tê-la surrado quase à morte, com oito meses de gravidez. Por ciúmes do pastor:

– Ele te-tem aque-la fala li-lisa e mulher go-gosta... – desculpou-se.

O marido, ao pé deles, era um príncipe, articulado, elegante, perfumado. O tio Alberto, empregado na farmácia da Polana, até comentara:

---

[2] Segunda cidade do país, na Província da Zambézia, sensivelmente a meio do território e um porto de relativa importância na África Austral. (N. do E.)

– Xi, aquele moço nem parece *ndau*, é um *machope*[3] de ventre enganado...

Conhecera-o numa festa da McCel que assinalava o arranque da reabilitação da Feira Popular de Maputo. Ele era o chefe dos seguranças. Adorava vê-lo a dar orientações pelo walkie-talkie. Excitava-a o ar decidido dele, o seu fluido dizer, sem espinha ou caroço. Só muito depois, já nascera o segundo filho, soube que o seu verdadeiro negócio era o tráfico. O esquema. Vário. Que importava, se a metera a estudar, se graças a ele tinha feito a 11ª classe, se era bom com a criança? Já se tinha matriculado na 12ª quando ele foi preso. Na ocasião nem aparecera, mas de certeza que o polícia do sétimo estava metido. Um mês depois o marido envolveu-se num motim na prisão e foi abatido. Há dez dias. Separada do seu homem há dez dias, por uma bala que lhe engarrafou a alma. Dez dias separam a memória fresca do marido daqueles lábios grossos de sangue coagulado que agora, de viés, pedem, insistentes:

– Ma-ma-mã, pe-pe-ço sardinha!

---

[3] Ndau (da Beira) e Machope (de Inhambane) são duas etnias de Moçambique, sendo os primeiros considerados mais agressivos e os segundos, mais dóceis e inteligentes. (N. do E.)

2

"Mandjólò
Nd'ya ka Mandjólò
Kè m´baku
Nd'yà ka Mandjólò"

Raul trinca o *kitkat*, sentado na varanda, ao som da marrabenta, que desce do oitavo direito. Comprara-o de manhã para o Artur, o filho, que deu duas trincadelas e rejeitou a guloseima, num esgar, pai, sabe a sabão. Desfaz o quadrado na língua, ensaliva-o vagarosamente. Sim, está muito longe do sabor que guarda da infância. Que quebra de qualidade. Na generalidade, ouve dizer, o padrão de qualidade dos chocolates da África do Sul baixou muito. Não entende por quê.

O balanço da marrabenta fende o ar:

"Kòdwa u suka Ximbanguini, muzay
N'kwãkwãnana
Y n'gwavela kwapa ndlela
U um ndyndyndy wénè".

Mpfumo?[4] A chinfrineira dura há uma semana, desde

[4] Uma das figuras míticas do ritmo marrabenta. (N. do E.)

que chegaram os familiares do falecido. Raul imagina o que a viúva passa às mãos de tais cunhados, grunhos do mato, osgas meticulosas. A viúva é-lhe simpática, tal como o era o marido – muito diferente dos irmãos, vivaz, alegre, urbano. Pena ter-se metido em cavalgadas. Hum, a viúva julga que ele teve alguma coisa a ver com a detenção, sem ter metido aí prego ou estopa. Não investiga vizinhos, evita esses assados e achava graça ao finado. Mesmo depois de ter sabido que se metia em alhadas. Devem estar a chupar-lhe tudo, pensa, malditas tradições. Vamos lá a ver se não a violam, à conta do *kutchinga*[5].

Nessa semana já a encontrara por duas vezes na escada e ela, de carantonha, não lhe dirigira a palavra, convencida duma culpa que ele não tem. Depois dos alarves se irem embora hei-de falar com ela – promete Raul. A marrabenta volta ao refrão. Espera não ter de intervir. Contara-lhe o guarda que a mãe da jovem saíra lá de casa, com os netos. Escapatória inevitável. O martelar da música desde o primeiro dia, extravagando indiferente ao silêncio exigível a um luto, ao recolhimento da viúva, punha às escâncaras a intrusão. Mas o quinhão de infortúnio que a cada um é destinado viver é intransmissível, não lhe cabe imiscuir-se. Será, reflete Raul.

---

[5] Tradição ainda hoje vigente no campo e segundo a qual a viúva passa a ser mulher do irmão (N. do E.)

3

O Ratazana sacudiu-a pelos braços, ordenando ameaçador:

– Vai buscar papéis do mano...

Ela tremeu mas resistiu:

– Os papéis são meus e dos filhos...

O Ratazana redobrou a força da tenaz:

– Cabra, vou-te brechar... – ameaça. – Não pense que não sei, você matou meu irmão. Fez feitiço...

– Feitiço? Feitiço com quê?

– Não se ponha com não sei, quê quê quê... 'cê sabe, qualquer merda...

– Ele morreu na cadeia... – replica, trêmula, fixada nas suas gengivas em sangue.

– Feitiço de ir para a cadeia. Tem curandeiro em Maputo, que sei... queria ficar com tudo, t'arranco o coração ao dente, puta.

Sublinhou a imprecação com um tabefe. Ela levou a mão à face, incrédula. Quando a retirou levou a segunda bofetada. Um formigueiro alastrou pela face contundida.

Há dias que eles quase não dormiam, que emborcavam sofregamente a garrafeira de Tomás, o falecido. Este punha orgulho no vinho que armazenava na despensa e até fora a Nellsprit comprar um desumidificador para manter a bebida na temperatura ideal; o vinho que há uma semana se dilapidava de forma labrega, brutal. E estando a terminar o saque vinícola, chegava o anúncio das verdadeiras intenções dos cunhados.

O Ratazana expeliu um bafo que a nauseou. Fez uma careta, ao resmoneio dele:

– Tem sorte de não querer tirar a minha sorte, como é direito... ou não sabe que viúva de irmão passa para cunhado?

– Chamo a polícia! – balbuciou, ela.

– Não tem problema. Polícia entende de tradição. Mas a dama não pense que lhe empresto meu tesa... é maningue[6] magricela para meu gosto, nem sei que tinha Tomás para comer... Quero é dinheiro do mano. Curandeiro disse que tem muito dinheiro em casa de mano...

– As contas dele, a polícia congelou... O que tem, está no quarto...

– E esta casa?

– É das crianças! Tomás pôs a casa no nome dos filhos!

– Parte... – grunhiu o Ratazana, na direção do Gago. O outro levantou uma cadeira da sala acima da cabeça e estilhaçou-a no chão. Desencaixou-lhe um pé e sorriu satisfeito, tinha o seu maço. Depois malhou no tampo de vidro da mesa de jantar. O vidro cedeu, desenhando o delta do Nilo. Atirou-se aos dois posters envidraçados que decoravam as paredes. Quando o maço acertou no candeeiro de pé chinês da sala e rasgou pelo ventre o dragão estampado do abajur a jovem viúva sentiu-se uma alma insepulta. Seguiu-se a cristaleira, reduzida a cacos, com impiedade.

---

[6] Termo dialetal que significa "muito". (N. do E.)

Nas escadas, encostadas às ombreiras, as vizinhas sussurravam.

O ratazana atirou-a para o sofá; caiu desamparada. Recostou-se ao fundo do sofá, cobrindo os olhos com a mão; impotente. Pelo seu lado, ele puxou o escarro, chegou-se à amurada da varanda e lançou-o sobre as acácias amarelas. Segue atento à parábola do muco voador, há dias que tenta acertar nas flores, embora a altura não lhe permitisse divisar o trajeto até ao alvo nem o seu impacto. Olhou em torno, provocador, e num impulso brusco pega num dos vasos de maconha e atira-o violentamente contra a janela larga da sala. Seguiu-se ao estilhaçar do vidro o baque seco do impacto do vaso no chão. O vaso quebrou-se pela base e um brilho de plástico preto assomou sob os cacos, na confusão da areia. O Gago correu para examinar o achado. Era um maço de notas de cem dólares embrulhado em plástico preto. De imediato o Ratazana lho arranca da mão, e intima o Gago a amarrá-la ao braço do cadeirão para que ela não fugisse, enquanto ele conta o dinheiro. A mulher chora.

As notas novas, fúlgidas, dispõem-se aos montinhos na mesinha baixa da sala. Vinte mil dólares. Os dedos compridos dos pés da ratazana harpejam o ar, encantados com a colheita. Palita os dentes e conta pela enésima vez os montinhos. Leva a garrafa de vinho à boca e emborca. Vinte mil dólares. Aponta para ela, amarrada ao cadeirão:

– Não sabia?

Ela repete, a voz num soluço:

– Não!

O Ratazana volta à carga:

– Cabra mentirosa, vou-te golar, você queria roubar

de nosso mano!

O gago chega do quarto, trás um documento na mão:

– Ma-ma-no... – estende-lhe o papel.

– Quê, quê, quê...? – pega no documento e examina-o. – É certidão de óbito... de Tomé.

– Vê, é pa-pa-pel fi-fino... – embrulha-o um sorriso alvar. – Tem "banana"...

– Vai buscar.

O Ratazana saca do bolso um canivete suíço, dobra a certidão e rasga-a em tiras, cinco. O Gago vasculha na despensa atrás das cruzetas do vinho, volta, e dá "a banana" ao irmão, que a abre e em gestos sacudidos, firmes, distribui a marijuana numa linha longitudinal sobre uma das tiras. A língua como uma gazua emudece uma das pontas, enrola o charro. Acende-o. A expressão aviva-se-lhe, tosse, dá uma nova passa, fundo, retendo a respiração; passa o charro ao irmão.

Tocam à porta.

O Ratazana impõe silêncio e amarfanha as tiras da certidão de óbito e o resto da "banana" na boca dela, dando-lhe um tabefe, de sobreaviso. Retine de novo a campainha, insistente. O meliante entra na cozinha, e por gestos indica ao irmão que abra a porta, daí a cinco segundos.

– Polícia, abra ou arrombamos a porta... – ouve-se, da escada.

O Gago abre a porta. Apontam-lhe um crachá à cara, enquanto o cano de uma arma lhe sonda a barriga. Recua. Sem uma palavra penetram na sala. Raul vê-a amarrada ao cadeirão, a boca a cuspir papel e erva.

– O teu irmão? – inquire Raul, perfurando com a arma

as tripas do Gago.

É nessa altura que uma lâmina lhe penetra nas costas.

Os dois irmãos olham o corpo inanimado de Raul, a mancha de sangue a alastrar na camisa. Impávidos, como a pedra desferida da funda.

Interrompe o mais velho:

– Vai buscar "bananas" e *lhes* mete num saco. Vamos...

O Gago obedece. O Ratazana olha com desprezo a mulher, o seu pânico, que ensaia um grito. Ele não lhe dá tempo, com uma coronhada deixa-a desfalecida. Depois limpa a faca com a fralda da camisa e mete-lha na mão, que cerra sobre o cabo.

NA MIRA DE BURACO
(seis meses depois)

1

Sonata para piano e aspirador. A música para e, vindo do canto mais escuro do quarto, um ponto incandescente evolui em harmoniosas cambalhotas, primeiro indefinível, depois lentiforme. Abeira-se da estante. César, de súbito, dá conta, são rosas. Três, geminadas num círculo. E ardem. Fica aparvalhado, a chama não altera as rosas, amarelas, que persistem intactas no cerne do bolbo. Pensa: "as rosas são as cordas vocais de Deus!", e de imediato as flores encarquilham, enegrecidas pela orla. Grita, as chamas mudam de cor: rútilo sangue de boi. Uma das chamas desenrola uma língua bífida, sonda os bordos da estante, as velhas encadernações dos romances de Dickens.

No instante seguinte César apanha-se a tossir no comprido corredor da casa. Tenta entrar no seu escritório mas detém-se à entrada. Espreita, os livros da sua vida engolidos por ígneos novelos. Tosse, enregelado pelo bafo do fogo. Vê sobre a mesinha baixa de bambu o maravilhoso álbum sobre a arquitetura de adobe do Yémen, que trouxe da sua lua-de-mel com Beatriz, e tenta salvá-lo mas a mão retrai-se assim que toca a capa: o livro escalda.

César acorda sobressaltado, o coração circunciso; a ardência ainda tão viva no rosto, nos dedos. Apanha, meio tapado pela almofada, o livro dobrado a meio, em cuja leitura adormeceu. Relê o parágrafo que tanto o impressionou: a dois anos da morte, Octavio Paz viu um incêndio reduzir a cinzas a sua biblioteca.

César imagina o torpor, a desorbitação, do poeta, de olhos martelados no grande lustre que orna o centro do seu estúdio em chamas: em cada lágrima de vidro arde uma parte da sua vida, os surrealistas, a Índia, o México, a pintura, a antropologia, a correspondência com centenas de amigos pelo mundo fora, os quadros do seu amigo Matta, as colagens de Maria José, as imagens de Kajuharo que polvilham as estantes; num pingente ao rubro, prestes a rebentar, consomem-se, uma a uma, as milhentas dedicatórias que o carinho e a admiração grafaram em livros preciosíssimos para qualquer bibliófilo. A cabeça de Paz lateja, impotente: a vida à ombreira da morte restitui-o ao deserto, reduz uma frondosa vida de diálogo a um fuste seco, estéril. Como se a sua vida não tivesse passado de um erro ortográfico: Dante não imaginaria melhor. Quem ri, noutro pingente, face à expressão devastada do velho escritor? Kali, a padroeira indiana dos ladrões e dos órfãos?

César folheia o livro e dá conta de uma anotação sua, esquecida, na última página do livro. Um apontamento que o anima. Esquece-se das dores de Octavio Paz, levanta-se, entra no escritório e senta-se à secretária. Abre um caderno e copia:

"Patrícia estava muito desiludente com o sorriso de Raul; de fato, mais um desabafo de cáries do que uma salva de marfim."

Sorri, dá um bom arranque para um conto, um capítulo.

A luz não desmente: a manhã vai alta. Apanha o telemóvel, ao lado do computador: 11 horas. Urge ir ao banco sacar uns cobres, à uma tem almoço marcado com amigos.

2

A beleza chama as calamidades como a praia chama os cachalotes, pensa César, divisando por trás daquele rosto empergaminhado os restos de um esplendor adivinhável no brilho dos olhos, no rictus estranhamente sereno dos lábios. Mas é rosto em que se joga às palavras cruzadas.

– Sou a última... – assentiu ela.

César conta os seus precedentes na fila. Observa de soslaio o engravatado que o segue, de nome abotoado à lapela, como os participantes nos congressos: Tibério. Sorri: César *precedeu* Tibério. Um, dois, três... era o nono. Gosta do número. Em algumas portas, quando o parafuso folgou e o nove roda sobre si, transforma-se em bê. Bê de Beatriz.

Meio-dia e meia, marca o relógio de parede, atrás do balcão.

Feia, a borbulha que reponta da cachola do tipo que se segue à mulher-pergaminho. Pior só o colarinho, esfarelado, sebento, e, reparará depois, o sapato direito, rasgado no calcanhar, por onde se escapa um cheiro a borracha podre.

– Caiu o sistema... – informa o caixa.

Duas horas. Que vontade de esganar o caixa...

Ao fim de hora e meia numa agência bancária esgotamse os jogos privados. César já se imaginou dentro de um quadro de Brueghel, numa festa de mineiros de carvão, já imaginou todos aqueles figurantes nus, com verrugas grotescas nos recantos mais impensáveis do corpo, já se imaginou na cama com duas das caixas, os arranhões que lhe sulcariam nas costas as unhas de prata de uma delas... Observa de relance o gigante ferido de mansidão, que se senta atrás do balcão, na sua fila, os seus olhos baços de quem não discerne e acha inseparáveis, como o gin e a água tônica, Coluna[7] e Shakespeare. Há meia-hora que o sistema voltou a funcionar, mas tudo nesta águia enxertada em andorinha é flácido, demorado, reflete César, aposto que inclusive o seu parto durou o dobro e que a placenta da mãe – mais rija que a ensebada sela de um turco, mais rija

[7] Mário Coluna: antigo jogador, de origem moçambicana, da seleção portuguesa de futebol que ficou conhecida por "Os Magriços", e que em 1966 ficou em terceiro lugar na copa mundial. Depois da Independência de Moçambique, Coluna optou pela nacionalidade moçambicana (ao contrário do seu companheiro de equipe, e também moçambicano, Eusébio da Silva Ferreira) e é ainda hoje considerado um "herói nacional", sendo conhecido pelo 'cognome' O Colosso. (N. do E.)

que uma moeda romana transmitida de mãe para filho, mil anos, no reto duma família de babuínos – se revelou imprestável para a indústria de cosméticos italiana.

César abre a sacola, saca uma romã de um cartucho de papel e aplica-se numa dentada ruidosa, que lhe tinge os lábios de vermelho. Dá a segunda dentada na romã como se comesse a própria língua. Coisas só possíveis desde a inauguração do novo shopping em Maputo.

Mais velhos os sinos que lhe batem no estômago, intransigentes.

Quem aterra em África dá conta, nos primeiros dias, de uma descomunal expansão do instante. Uma hora ramifica-se em duas, é como a criança que entrevê o Éden na porta giratória: nem se entra nem se sai. Depois acaba por passar este efeito e a almofada do tempo criva-se de alfinetes e stress, como em toda a parte. Mas o sistema bancário africano adotou essa esquiva, dilatada, unidade de medida. Quem entra pela primeira vez numa agência bancária em Maputo sente-se presa de uma plaina, que torna lisa e inacabável toda a duração; algo de inefável interrompe o fluxo, rasura-o, distende o ritmo. E conhece finalmente *uma gesta*: três fotocópias por cheque, quatro assinaturas por impresso, o *isso* que impregna o próprio oxigênio e liquidifica as mentes. Entrasse Ulisses num banco africano antes de regressar a Ítaca, já encontraria Penélope casada.

Males de África que sobrepujam os da corrupção, da malária, os da devastação da fauna animal, os do saque e desbaste desordenado dos recursos naturais, os da erosão costeira, que encosta os seus alicates de sal nas raízes da casuarina; nada é comparável, suspira César, à *desordem maneirinha* de uma agência bancária a sul dos trópicos.

César escrutina um enorme quadro de Malangatana[8], em tons sanguinolentos, que domina a parede lateral: homúnculos e bichos viscosos disputam o lodo das almas. Tal como os clientes, testemunhas da sua inaceitável mansidão, ofegantes no bafo quente que lhes penetra na pele e a transborda, como uma galheta, porque o ar condicionado está avariado.

Chega de fora, fresco como uma alface, e mostra de imediato as credenciais: o cunhado, um amigo de bancada no Maxaquene[9], um copincha da tropa, o secretário de célula do Partido – o sonso. E o sonso galga a fila, num instante está deitado sobre o balcão, face a face com a andorinha. Empoleira num toque a boina no cocuruto e abre o livro da comédia:

– *Brada*[10], da Matola[11] para cá é a passo de caracol, quarenta minutos só na portagem; *brada*, eles têm de fazer alguma coisa... olha para mim, fuck, todo eu transpiro, tu não vês a cena mas os meus joelhos pingam... Ainda por cima apanhei um cortejo de casamento, os noivos vinham a pisar ovos moles, é o caos... *brada*, nem sei pra quê? Noventa por cento dos gajos que dizem sim é para serem cabrões... olha o totó do bar no meu *job*... trataste do meu caso?

A andorinha aceita a insinuação como uma ordem e o sonso passa a prioridade. Os pigarros não o desconcertam:

---

[8] O mais famoso pintor de Moçambique, de estilo e temas marcados pela tradição africana, e também um herói da luta contra o colonialismo português. (N. do E.)

[9] Nome de um dos clubes tradicionais de futebol de Moçambique. (N. do E.)

[10] Forma fonética sincopada com que os negros entre eles se chamam *brother*. (N. do E.)

[11] Cidade-dormitório da periferia de Maputo. (N. do E.)

– Xiii... – atira o janota, inclemente, para os otários que marcam passo na fila – *me rendi* lugar de manhãzinha, não posso saber se se põem estas filas... e não tem mais gente fiel nesse mundo... ou tem?

César pára a navalha do seu espírito a um palmo das fuças do sonso e com estúrdia dá uma dentada na romã. Cheira-me que este bardamerda, segrega o cérebro de César, papa a mulher do caixa há três anos e que o outro adora assistir; que além da mulher lhe papa a irmã, e que depois, na cama, comem castanha de caju tirada do chapéu de caçador-de-percevejos.

A sua transferência ainda não chegou, atira-lhe a andorinha sem misericórdia, vinte minutos depois do sonso, na sorna, lhe ter papado, agora por trás, a mulher pela terceira vez.

César bate com o pé direito no chão, na mira de buraco.

3

Fecha o documento no ecrã e, gesto contínuo, espalma o mosquito, palma na palma. Contusão pura: nem sente. Como se a passagem de vítima a verdugo num mosquito significasse um monstruoso salto de escala, assinalável na derme, mas, ao colapso da quitina voadora, se percebesse que, afinal, foi criatura que nunca mobilou o tempo, nunca lhe tirou nabos da púcara. A unha remove o desalinho do Monte de Vénus. Volteja outro mosquito à frente do ecrã (serão surdos?). A empregada deixou uma janela aberta, rezinga César. Farto de a avisar, basta um e segue-se a coceira, o zumbido, a insônia que só desarma quase ao amanhecer.

Corre o vidro aberto na marquise, e, na rua, um ruído de travagem e colisão entre viaturas sobrepõe-se ao embate do alumínio no caixilho. Um jipe chocou noutro, à esquina. Convulsa, a mulher que sai aos gritos do banco de trás da viatura mais sinistrada. Pinga-lhe sangue de uma mão. Fora de si, como o grito. Volta ao trabalho, decidido a não deixar que aquela imagem se interponha e retarde o que tem a fazer. Felizmente o escritório é do outro lado da casa, o corredor côa o tumulto do desastre. Ataca as teclas.

Toca o telefone. Soergue-se do teclado, sonolento. Atende. Engano. Merda, há semanas que não dorme cinco horas seguidas e o cansaço miudinho embota-lhe a concentração.

Puxa de um cigarro. Senta-se no cadeirão, volta ao livro, aberto sobre a mesa onde costuma apoiar os pés, cheira o resto do uísque, emborca-o; retoma a leitura. O *Código Da Vinci*, comprado por desbarato e desafio. Defendeu nas aulas que o livro era uma bosta e agora tem de o provar, fazer umas notas convincentes em relação à inanidade da escrita, ao claro estereótipo da sua estrutura narrativa. Sem isso, não os convencerá a lerem Nabokov ou o Gombrowicz.

A página tem um furinho. Não se recorda de o ter visto

antes. Verifica que o furo começa na página 53, até onde leu antes de adormecer, e que prossegue páginas a fio, atravessando também a contracapa. Parece buraco de peixinho-de-prata.

Terá comprado o livro já assim?

ENTRE MULHERES

1

Aurora rói um biscoito e assiste à sua telenovela preferida. Acena ao sono, como a lomba suave que antecede a síncope. De súbito, irrompe um ardor na polpa do indicador direito e desce-lhe pelo dedo, alastrando pela palma, ao mesmo tempo que o tecido da pele se altera. Como diria a sua mãe, Aurora ficou pasma, mas a mão, estranhamente, emana uma luz que a tranquiliza.

Quando o ardor acalmou a sua mão apresentava-se branca, polvilhada de brilhos. Levou um dedo à boca, sabia-lhe a sal. Fora isso, não a incomodava e o prurido acalmara.

Esteve suspensa cinco minutos a olhar os dedos, a dobrá-los; além da sua nova textura e cor, tudo parecia bem. Aurora continuou a ver a televisão, já tinha visto coisas mais estranhas no pequeno ecrã, um porco a andar de bicicleta.

A arrelia é que, se o problema não passasse durante a noite, teria de colocar uma luva no dia seguinte – não queria que a doutora pensasse que fora tomada por alguma doença.

2

Beatriz, sentada no sofá de sua casa, em Algés, começa a discar o número de César. É atraída à janela por um barulho de fanfarra. Um palhaço com uma enorme cartola de fantasia toca uma trompete enquanto um palhaço rico, empoado, o secunda, batendo no bombo. Atrás deles um homem de fraque, gritando para o megafone, anuncia o circo.

Beatriz observa o reboliço das crianças, no rasto dos palhaços, e ouve o telefone de César tocar, distante, um pouco alheia, quando é sacudida pela imagem do faquir a cuspir fogo sobre o capote do volkswagen amarelo do marido, a meio da 25 de Setembro, em Maputo. Fecha o telemóvel, de imediato. É uma lembrança que a perturba e lhe transmite ainda um desconforto que teme definir.

Não passaram mais de três meses desde que aquela visão a aguilhoou levando-a a uma noite de pranto, para embaraço de ambos. Como explicar o seu imparável desânimo? Foi uma semana antes de voltar a Lisboa para orientar o seu mestrado. Não podia ser do faquir, nem sequer era uma novidade para ela, Argentina já lhe tinha falado daquela nova presença nos semáforos de Maputo, à semelhança do que se passava em Durban, cujos semáforos foram tomadas por uma vaga de pobres travestidos em "artistas circenses".

Tinham ido assistir à adaptação teatral de *O voo do flamingo*, de Mia Couto, pelo Teatro Avenida e, enredados nos comentários ao espetáculo (mais crítico ele que ela), enfiaram-se no carro, rumando automaticamente à esquina com a Karl Marx[12]. Quase a chegarem ao semáforo novo da avenida, este passou a vermelho e César travou. Então, mesmo à frente deles, um maltrapilho de cara chupada e cabelos tingidos de amarelo pôs-se a atravessar a zebra cuspindo fogo. Quando chegou ao passeio repetiu a marcha inversa, desta vez, levantando um archote na mão, enquanto a outra mão espetava um enorme prego na face, sem deixar de olhar o seu público, recolhido dentro dos carros. César comentou, melancólico:

– Sabes qual é a desgraça deste tipo?

– Não... diz, querido.

– Não consegue deixar de ser honesto.

Com um sentido de timing danado, o faquir correu os carros a pedir um contributo pela sua prestação. César deu-lhe vinte meticais[13]. O rosto do faquir era iluminado pelo archote e Beatriz entreviu-lhe os olhos vítreos.

Quatrocentos metros depois, na subida da Karl Marx, passavam pela entrada do Mercado Popular, Beatriz começou a chorar, convulsivamente. César, surpreso, estacionou o carro e abraçou-a, à falta de uma palavra apropriada. Beatriz não parava e, tartamudeando, pediu-lhe que fossem para casa. Em casa, chorou até ao cansaço. A vergonha, o incômodo que se seguiu, tornaram irrespirável o ar da casa – nos dias que mediaram até à sua partida.

---

[12] Mercê do processo revolucionário que se seguiu à Independência, foram adotados para nomes das avenidas de Maputo os nomes dos revolucionários históricos: Mao Tsé Tung, Ho Chi Min, Vladimir Lenine, Kenneth Kaunda, etc.; nomes que ainda se mantêm. (N. do E.)

[13] Metical: a moeda moçambicana. (N. do E.)

3

César cisma na cegueira crescente de Monet, como isso não o impediu de pintar, e folheia o álbum lentamente, rastreando na ponta do indicador a pincelada solta dos quadros.

Toca o telemóvel. Atende:

– Estou...

– César, sou eu.

– Então mana, como vai isso na Ilha[14]?

– As chatices de sempre... agora nem luvas tenho para os partos.

– Quiseste ir-te meter nesse buraco...

– Alguém tem de tornar os buracos habitáveis. E tu?

– Deixei-me de grupos. Vida regrada. Vou a meio do livro, que espero levar em Novembro quando for a Lisboa. Já te disse que te vai ser dedicado?

– Prometes-me isso há três livros!

– Não telefonaste para me lembrar a minha natureza

[14] Ilha de Moçambique: Um dos ícones de Moçambique e uma ilha histórica, na sua costa, ao norte. O primeiro entreposto onde aportou Vasco da Gama e eixo importante do comércio de escravos no Índico durante séculos. Durante muito tempo se julgou localizar-se aí a famosa Ilha dos Amores do Canto Nono de *Os Lusíadas*, o que deu aura à ilha e fez dela matéria para vários livros de poetas. Foi ainda palco de uma arquitetura e de um mobiliário de características próprias, indo-portuguesas. Hoje é Patrimônio da Humanidade, apesar do seu manifesto estado de degradação. (N. do E.)

volúvel, espero...

– Pois não. E é coisa de novela. Nem sei como começar... a Aurora...

– Morreu, sem me enviar umas pataniscas pelo correio?

– Que piada de péssimo gosto!

– Desembucha...

– Aconteceu-lhe uma coisa que não sei explicar...

– Como assim?

– Fisiologicamente.

– Mau. Tu és a médica. Estás-me a pôr curioso.

– De um dia para o outro ficou com uma mão de sal.

– Tu bebeste?

– Juro-te, de sal.

– Cloreto de sódio?

– Hum, hum.

– Isso é possível?

– Não devia ser, e mexe-a como se nada fosse. Aliás, para ela não é questão. Tinha unicamente posto uma luva para que eu não pensasse que estava doente.

– Ele há coisas!

– Já fiz contactos com dois colegas, um dermatologista e um neurologista que a vão examinar. E pedia-te que a acolhesses nesses dias...

– Será um prazer ter iguarias à solta pela cozinha...

– Olha que eu quero que ela repouse... Ainda não estou em mim, se não me acontecesse em casa... Lembras-te daquele jornal que havia em Lisboa, há uns anos...

– O *Jornal do Incrível*.

– Isso. Parece extraído da página 3 dessa trampa.

– Ela que venha... quero ver isso *in loco*.

– Obrigado, mano.

4

Argentina não acredita no que ouve. Pergunta, secamente:

– Importa-se de repetir?

O deputado afivela um sorriso matreiro e repisa as sílabas:

– A Argentina não acha que dois analfabetos podem ser bibliotecários? – e, sem uma ponta de ironia, em defesa *da honra e da sua dama*. – É uma oportunidade para aprenderem a ler...

Argentina comenta alto, para si mesmo, lacônica, enquanto na roda da discussão se acendem os sorrisos:

– Afinal, é mesmo o que tinha ouvido...

Pisca os olhos. Tem esse tique, sempre que enfrenta um conviva desagradável a quem tem que zurzir. Não replica de imediato. Deixa que a tensão se alastre, saca um cigarro do maço, enfia-o na boquilha, acende-o. Numa passa funda. Aflora-lhe um leve sorriso ao canto da boca. Então fixa o deputado, congelando o gáudio geral, e desfere:

– De fato, *as natas da nação* raramente mantêm o frescor que permita ao país respirar sem que algo de fétido se interponha! O senhor deputado acha que é legítimo enviar-se *um macaco* para uma formação especializada, paga por uma ONG, só para impedir que essa formação seja aproveitada por técnicos que não pertençam à Frelimo[15]?

[15] Movimento independentista que lutou contra o colonialismo e que, constituído em partido político, se mantém no poder desde 1975. (N. do E.)

– o silêncio pesado marmoriza a vítima: – Sabe, desta vez foram enviados dois analfabetos como formandos num curso de bibliotecários... quando forem enviados três analfabetos estará na hora de emigrar, porque isso quererá dizer, senhor deputado, que o dr. finalmente se decidiu a aprender a ler e isso não garantirá qualquer futuro a este país...

Argentina é proprietária do primeiro andar de uma das faustosas vivendas que circundam o *Jardim dos Cronistas*, em Sommerschield[16], o qual aluga; rendimento que lhe cobre a mensalidade do empréstimo contraído para comprar a sua parte da casa e lhe arredonda ainda o mês, e não havia como furtar-se à reunião marcada para discutir a agenda dos trabalhos de recuperação do Jardim, que os moradores assumiram como tarefa sua. Havia duas reuniões que faltava, delegando em Rica – a proprietária do rés-do-chão – o seu voto, e reuniões deste tipo são sempre pretexto para um convívio social alargado; uma nova ausência seria lida como afetação.

O grosso dos locatários regista uma profissão liberal: médicos, advogados, professores universitários, políticos, *a nata da nação*.

Fuma o seu último cigarro, recriminando-se por não ter sido previdente. São duas e meia da manhã, horas impróprias para arranjar tabaco. Terá de entregar o seu relatório à ONG na manhã seguinte e tem pela frente um ror de horas de verificação de tabelas e de apuros no texto.

Não devia ter embarcado naquela discussão política, à tarde, só a arreliou, amargando a disposição para o trabalho

---

[16] Bairro de vivendas em Maputo, onde mora a alta burguesia e se espalham as embaixadas. (N. do E.)

picuinha que a aguardava. Mas a conversa não era evitável, os destinos do país não são evitáveis quando se está empenhado em que progrida, apesar do grande embuste.

A conversa não demorou a extravasar numa desagradável e inútil disputa política, pois como explicar a um peixe que em terra se anda sobre as patas? Do analfabetismo e da leitura passaram rapidamente para a situação no Zimbabué e para a falta de um repúdio claro da Frelimo em relação ao delírio assassino de Roberto Mugabe e à conduta da *Fanu*[17], e o convívio foi azedando, à medida que Argentina sentia como os seus anos de estrangeiro a haviam tornado indene ao comportamento de fusão, de irrefletida unanimidade, que é uso na terra.

Tanta irracionalidade permeada de uma lógica sectária, cega... – barafustava ainda a sua mente no meio do exame das tabelas, lutando contra as torrentes da emocionalidade para não se desviar do seu trabalho de precisão, da aplicação serena das grelhas de análise.

Catou as beatas mais compridas nos diversos cinzeiros da cozinha, desfê-las, misturou o tabaco e enrolou-o numa mortalha. Foi fumar para a janela; do alto do seu vigésimo andar via estender-se em baixo a cidade, o seu enxame de fogos-fátuos. Qual daquelas luzes abrigaria César, naquela noite?

---

[17] O partido no poder no Zimbabué desde a Independência, e que sob a liderança de Mugabe reduziu o país a uma miséria total. (N. do E.)

5

César amaldiçoa o dia em que, miúdo ainda, reparara numa paranomásia: *Mara amara-o, amargamente*. "A inocente descoberta daquele flagrante musical das palavras, tramou-me...", escreve no seu diário. "A obsessão de *pescar* novos trocadilhos fonéticos transforma-se num tique, de que nunca mais se recupera. A escrita é uma obsessão danosa, umas núpcias para *masos*. Coitado de quem acosta ao seu espaldar e pensa, vou só fortalecer o trapézio e alargar o grande peitoral. O corpo vicia-se, é pior que a heroína, calcina mais que a paixão, porque ao contrário desta não tem um tempo, o bombeamento é incessante. Descobrir como imprimir ritmo a uma frase é um transe de que não se recupera e perdê-lo, deixar escorrer entre os dedos esse tônico, faz ressoar um alarme similar ao do atleta que *descobre* que no seu coração mirra o músculo papilar. Não é possível tragédia maior. E não há amor, vida em comum, felicidade, sombra, que a lapa da escrita não acabe por drenar, roubando-lhe a pedra angular."

"Engraçado como usei o verbo *pescar*, de fato é algo que se captura.", continua César. "Lembro-me da pescaria ao corrico que fizemos em Pemba, eu e o Raul, a água a espumejar quase à cintura. Estreávamos as canas que lhe trouxeram de Cuba. Lembro-me dos braços esticados, uníssonos, a descreverem um arco até ao alto, e do tenso esticão da vara, disparando o anzol para longe, para lá da rebentação. Lembro-me do peixe morder o anzol e duma resistência percorrer o fio e vibrar pelos músculos, espasmódica. E como essa tensão redobrou quando fiz rodar o carreto. O que mais me impressionou, nesse combate com o peixe, foi a sensação de lidar com uma força à qual não via o corpo. Enfrentava uma sucção invisível. Uma argêntea palavra inominada que obstinadamente preferia as fossas marítimas, a mais densa obscuridade, à meticulosidade da luz. Nunca mais quis ir à pesca por superstição. Aquela extenuante captura de uma palavra crivada de escamas e com quatro quilos e meio, a sua respiração, que sentia à minúcia na linha, foi uma experiência quase mística e confesso que tive vergonha de falar disso ao Raul. Agora, falta-me a linha, o posicionamento, o vislumbre de guelra aberta numa frase eficaz e sinto-me um remoinho estéril onde, a verdejar alguma coisa, não se avista cardume."

UM PUNHADO DE SAL

1

Raul segura a porta do elevador para deixar entrar o seu vizinho, Aníbal, um PCA[18] dos Correios e velho conhecido de lutas políticas do antigamente.

– Então Raul, a vida?

– Anima.

– Diz-me uma coisa, Raul. A tua empregada não terá uma amiga?

– ... por quê, precisas?

– Ya, a minha faz uma cena que não dá mais para aguentar.

– Rouba?

– Ainda...

– ... tu dizias que ela cozinha bem...

– Ya, e cozinha...

– Então qual é o problema?

– Ouve lá, a gaja faz-me 15 km por dia, ida e volta, para poupar no *chapa*[19] e poder comprar os livros e cadernos

[18] Sigla com que são designados os administradores das empresas em Moçambique. (N. do E.)

[19] Transporte coletivo de Maputo; espécie de "lotação" onde se apinham os passageiros. (N. do E.)

para a filha na escola...

– Uma mulher de sacrifícios... Ela chega-te atrasada?

– Não.

– Então qual é o teu problema?

– A gaja está há um ano, nisto, se continua vou ter que lhe pagar mais 300 meticais para o chapa... se não começo a sentir-me mal.

Raul ironiza:

– O sentimento de culpa dum antigo marxista-leninista, portanto...

– Estás a ver o meu drama!?

– É um drama que resolves com dez dólares, pá...

– Ya, mas não é uma questão de dinheiro, é uma questão de princípio. Um gajo não os pode habituar mal...

Raul examinou a barriga farta, proeminente, do seu camarada de partido, antes de responder, impassível:

– Se pões a coisa nesses termos... vou perguntar à minha empregada.

Separaram-se à porta e Raul quedou-se um instante no alpendre a examinar o correio amontoado sobre a secretária do guarda, enquanto Aníbal lhe acena de dentro do seu *fô by fô* [20], adquirido em Durban.

[20] Os jipes. (N. do E.)

2

Aurora deixava o nino César enfiar a mãozinha na farinha e polvilhar, desajeitadamente, a tábua e a bola de massa. Melhorada a adstringência do rolo era mais fácil distender a pasta, fazê-la transbordar a tábua. Pegava então no cortador e – em vez de como a sua ajudante inverter um copo, talhando assim a forma da massa – desenhava animais em torno do recheio, os animais das fábulas que ia contando.

Desde que Aurora, a 'Preciosa', como lhe chamava a mãe, lá entrou em casa – largava César as fraldas – foi paulatinamente ocupando o lugar vago pela morte da avó, seis meses antes. E os dois irmãos beneficiaram do carinho e da prontidão com que a nova cozinheira desfiava um ror de lendas tradicionais e histórias de fadas. Sem forçar, sem conversa mole, chamando-os a participar na confecção de um prato e atribuindo a cada elemento culinário a sua identificação no elenco da fábula. Tudo simples e natural, como ela. Era um dom que herdara do pai, dizia. Pegava no cortador de massa e desenhava, a traço grosso, um dragão e uma menina, ao mesmo tempo que narrava:

– Há muito, muito tempo, havia uma rapariga que não queria casar com os homens da terra, que achava um pouco poucachinhos. Perto da povoação da rapariga, havia uma lagoa onde o céu costumava estender as nuvens para secar.

– Estender, Aurora? – perguntava César.

– Com umas molas, nino. Um dia ela foi passear para a margem do lago e estava lá um homem-de-água. Ele gostou muito dela e o coraçãozinho dela pôs-se a bater mais forte. Num instantinho, combinaram casar. O homem-de-água deu um pente à rapariga e disse-lhe: A minha vida está ligada à água. Tens que vir cá todos os dias, para conversarmos... Mas antes de chegares tens de pedir licença. Isto é uma coisa que não podes quebrar.

– Uma coisa?

– Uma regra. A rapariga voltou para casa, muito feliz. No dia seguinte preparou um farnel e levou-o consigo para a lagoa. Dá licença, dá licença, disse ela. Ouviu a voz do homem-de-água: Vem, passa! O homem saiu da água, sentaram-se à sombra duma figueira e ele foi comendo, muito encantado. Assim se repetiram os acontecimentos por muitos dias e muitos dias, até que ela, cansada de pedir licença sempre que chegava, meteu a licença para trás das costas e chegou de surpresa. Oh, nino, nem lhe conto, o susto que ela apanhou, em lugar do homem-de-água viu uma grande serpente-"dragão", com várias cabeças a andarem sobre as águas. Ficou muda. E pôs-se a andar às arrecuas, ala que me dá medo. Quando chegou à casa, contou à mãe e aos irmãos, ela tinha sete irmãos, o que viu na lagoa e enfiou-se na cama toda a tremer. O dragão, furioso, pôs-se com todas as águas a caminho da casa da rapariga. Foi andando, foi andando, e deixava charcos e rãs atrás de si. O tempo estava de trovoada e fazia uma ventania danada. Chegando à casa da rapariga, a água subiu, subiu, entrou pelas frinchas e janelas, foi enchendo toda a casa e as cabeças do dragão apareceram pertinho do teto.

A rapariga era um choro pegado, ai, nino César, nem

os padres nossos lhe valiam. Muito arrependida com a sua imprudência...

– E do dragão disse-lhe...

– Isso, nino... e agora via-se engolida, metade dela já estava na boca do bicho. Mas os sete irmãos vieram ajudá-la e foi uma luta... nem lhe digo, nino. Pegaram em flechas, zagaias, catanas e machados, até achas de fogo, e trás, trás, feriram a serpente-dragão, até que arrancaram a pobre rapariga da bocarra da besta.

Desde aquele dia, nunca mais a rapariga ambiciosa quis casar com homem desconhecido.

– E tu Aurora... casaste com homem desconhecido?

– Eu, nino, Deus me livre!

3

Os pequenos caranguejos abrem alas à sua passada, como uma penugem em ziguezague, ou afundam-se na areia em buracos mínimos. Primeiro não se dá por eles, depois atenta-se em alguns e, estacando, para fazer uma panorâmica, constata-te: são às revoadas, uma miríade tumultuada. Que sarapinta de cinza a areia com os seus dejetos. Raul imagina-os aos milhões naquelas extensas e estriadas línguas de areia que a maré baixa destapa, o labor subterrâneo das suas tenazes. É uma imagem que o enoja, e interrompe o seu passo para esmagar a gosto os que lhe rasam os pés. Os seus homens, aguardam-no ao fundo, perto de água; intrigados com o seu singular pisamento.

Os agentes, rasgam à navalha a rede, desenrodilhando a última urna de voto. Eram seis, pescadas a meio caminho da *Inhaca*[21]. Num remoinho de garoupas, peixe-pedra e vermelho, e de outros mais pequenos, saltitões, de uma prata raiada de verde e que Raul não sabia identificar. E no meio de tanta guelra alvoroçada, seis molares gigante: as urnas. As eleições haviam decorrido há uma semana atrás e à boca pequena falavam-se de irregularidades – era a prova.

– Tiveram *bacela*[22], hein... – trovejou Tomás, o cabo.

– Quem paga *os estrago*? – perguntava, ansioso, um desdentado pescador aos agentes. Estes olhavam para Raul, que era o único à paisana.

– Pede à Comissão Nacional de Eleições... – retrucou Guito Júnior, um sargento de olhos esbugalhados e rabo em prateleira e que odiava a vida fora do quartel.

Outro pescador, mais novo, reerguia a rede, examinando os rasgões.

Tomás abriu uma das urnas, despejou as águas da caixa e apanhou um molho de votos. Descolou-os um a um, pacientemente; em muitos afloravam riscos brancos de sal. A maior parte deles desbotados, mas nos boletins em que ainda se lia o voto era nítida uma equilibrada divisão de votos – a oposição, entretanto, fora *esmagada* nas eleições.

---

[21] Uma ilha sensivelmente a 30 e tal km de Maputo. (N. do E.)

[22] Expressão popular moçambicana para designar um bônus, após uma compra. Se alguém compra seis tomates tem como bacela um sétimo. (N. do E.)

Artur observava os gestos lentos de Tomás, o beiço trêmulo à vista das cruzes. Tomás comentou:

– Não se perdia nada, meu capitão, se ficassem dentro de água.

– E é bem-feito, que esses gajos... – referia-se à oposição – têm mau-perder! – reforçava Guito.

Raul fixa uma cruz quase diluída no quadradinho do candidato da oposição ao município de Maputo, e responde a Guito, num tom reprovador:

– Estes votos foram substituídos, compreendes?

– Meu capitão... – replicava convictamente Guito – a democracia não foi feita para o africano. O capitão lembra do que dizia ontem aquele calmeirão de 21 anos que violou a miúda de seis na igreja: 'ela entrou na igreja *e insistiu-me*, enquanto eu não queria...'. Com a democracia é o mesmo... o africano não queria, ela *foi-lhe* insistindo...

– Comparas a democracia com a violação a uma miúda de seis anos? – atalha Raul, veemente. – E estás do lado do violador, ou da urna violada?

– Só faço o que me mandam fazer... – atrapalhou-se Guito.

Os pescadores, atrás deles, continuavam de olhos secos, suplicantes, à míngua de uma resposta.

Raul sente um ligeiro enjoo. Não se considerava um santo, perpetrara as suas "tropelias revolucionárias" e continuava a pertencer ao partido no poder mas agora preferia que as coisas mudassem um pouco, que a mentira fosse menos constitutiva do Estado. Adivinha-se, pensou Raul, que a prazo os problemas vão recair sobre a ordem pública e a polícia. Estava farto de arcar com as consequências de más políticas e de comandar um punhado de broncos que se serviam das armas para validar a violência das suas origens; Raul já não tolerava a inconsciência com que os seus pares usavam o medo infligido pelas armas para debelar as suas próprias dúvidas. Dirigiu-se aos pescadores:

– Vocês vão amanhã à câmara municipal e falem com o vereador Yusufo, eu mesmo lhe darei uma palavra... – E no mesmo lance instruiu os seus homens:

– E vocês levem essas urnas para o carro e entreguem-nas no jornal *Savana*[23]...

– No *Savana*, capitão... – tartamudeou Guito.

– No *Savana* – insistiu Raul, firme – entreguem ao diretor, o Kok Nam. Digam-lhe que vão da minha parte... e não se preocupem com as chefias... Eu depois farei o relatório.

Retirou-se sem mais uma palavra, pontapeando as cristas na areia, pois no seu íntimo estava ciente de que os seus homens não sairiam dali sem extorquirem seis ou sete quilos de pescado e uma *quinhenta*[24] para um refresco.

---

[23] Semanário, o primeiro jornal a sair da tutela do Estado moçambicano e que é hoje um exemplo de independência e de crítica. (N. do E.)

[24] Uns trocados. (N. do E.)

4

A deslumbrante Cabeça do Velho (a serra Bengô) destacava-se ao fundo da janela como uma erupção num azul muito límpido e distraía Argentina. Como colaboradora na gestão financeira da organização, sazonalmente deslocava-se até lá, umas tardes, e às vezes, por voluntarismo, participava ativamente no acolhimento das mulheres. Virginia continuava a interrogar a jovem que fora queixar-se das prolongadas sevícias do marido e procurava agora na *Lemusika* um conforto. Mas para Argentina, a quem fatigava o fatalismo que subjugava as mulheres camponesas, naquele momento, aquela vítima de violência doméstica não passava dum relance desfocado ao canto do enorme maciço rochoso que se recortava lá fora, uma máscara totêmica, deitada, em cujo cimo anualmente se realizavam cerimônias tradicionais para evocação dos Espíritos. A perspectiva daquela janela sobre o ex-líbris de Chimoio – nunca lhe fora tão nítido – confirmava ao milímetro o capricho natural, a decalcomania de um rosto de olhos pregados ao céu, a testa, o nariz, os lábios, as olheiras, por onde no inverno caíam lágrimas aos borbotões, o queixo, tudo numa escala que espantava; três vezes pelo menos as célebres efígies rochosas dos presidentes americanos.

Argentina desejava que o velho pestanejasse e que se

ouvisse o bruá desse movimento enferrujado. Ou que uma mão gigantesca, saída da terra, com o exaustivo corvo da tristeza preso entre os dedos, lhe assoasse o nariz entupido.

Argentina foi tomada por um ânimo que a revivificava, uma benignidade refluía ao Velho em vigília para nele se condensar de novo, numa evidência de comunhão. Por um breve momento sentiu-se feliz, grata, reconciliada com a terra em que nascera, e então, num sorriso, atalhando no longo queixume da jovem a quem o alcoólico do marido acusava de *ter enfeitiçado a eletricidade* para a casa ficar às escuras, saiu-lhe:

– E por que não aproveita o escuro para o deixar?

5

À porta da cozinha César pergunta:

– Aurora, lembras-te de quando fazias mousse, ficavas com os dedos sujos... e eu te pedia...

– Chupa, chupa... O *nino* não tinha mais que três ou quatro anos?

– A minha mãe contava isso a todas as visitas, sempre que servias mousse de chocolate.

– Ao tempo que isso vai...

– Deixa-me chupar-te o dedo.

– O quê, menino...

– O teu indicador, Aurora. Esse dedo...

– Doutor!

– Desculpa, é tão estranho. Só acredito se lhe sentir o gosto.

– O patrão já é um homem...

– Please. Tu foste a minha ama, que mal tem?

– Não...

– Faço questão... por favor... please, olha, até te peço em inglês.

– Tonto. Bom, se o menino quer...

– Quero. Para compreender...

César não acalenta dúvidas sobre o patético de um latagão de quarentas e muitos a chupar o dedo engelhado da sua velha ama e cozinheira. Mas o fenômeno, depois do assombro óptico, abrasa-lhe o cérebro, buzina: tem de avaliar o teor salino daquela brancura mineral.

Abocanha o indicador de Aurora pela base. Tem um ligeiro vômito, mas engole a saliva e a sua vontade de investigação prevalece. Raspa levemente os dentes na pele do dedo, que pulsa. Retrai os incisivos, dobra então a língua e passa-a ao longo das estrias longitudinais do dedo. Depois prime os lábios sugando-o, da falangeta até à unha. Dá um estalido de saliva, ao retirar-se. Passa a língua nos lábios, sondando o derradeiro e ainda vivo gosto do seu objeto de análise. É cloreto de sódio, não restavam dúvidas.

– Está contente?

– A tua irmã Raquelina, ainda está viva? – desvia César, ainda perplexo. – É sal, sim senhor...

– Tinha-lhe dito.

– Amanhã vamos ver o dr. Nhiatitima...

– Então vou ver a telenovela...

– Vai, vai...

César observa-lhe o passo inseguro, a figura franzina, arqueada. Aurora deve andar a dobrar os setenta. Já a conhecera com a idade que é agora a dele.

Vai direito ao seu escritório. Na secretária, sobre o maço de páginas já revistas e impressas vê-se a folha de rosto com o título do seu romance. Folheia-o rapidamente, lendo linhas avulsas enquanto o polegar solta as páginas. Pega no molho de folhas e abana-o como um leque, depois lhe sobrevém um sorriso triste e começa a rasgá-lo; bruscamente, em tiras.

Diante do que acontecera a Aurora e da sua inexcedível serenidade tudo o que escrevera até aí soa-lhe a verborreia, ao inepto, preguiçoso e obsceno 'a duquesa sai de casa às cinco da tarde': *words*, *words*, *words*, refratárias ao mínimo sopro de vida, à imprevisibilidade com que o existente filtra a alma de um fundo amorfo.

Abre o *laptop*, seleciona o romance no diretório *My Documents*, e, sem pestanejar, conduz o cursor do rato ao *Delete*. Seis meses de trabalho deitado ao lixo.

Com a mesma decisão, abre um novo documento, inspira fundo e retoma:

"Abdala era cego de nascença. Aos dez anos, malhando no chão às cegas com uma *catana*[25], na ânsia de acertar na cobra que derrubara atrás de si Mustafá, acabou por golpear o seu amigo e aí, aflitivamente, descobriu que via quando vertia o sangue de outrem.

Foi até aos catorze anos atormentado pelo remorso de saber que não conseguiria renunciar à carreira do crime..."

[25] Facão grande com que se desbrava na floresta. (N. do E.)

NA CARREIRA DO CRIME

1

A sentença bíblica lambeu-lhe as circunvoluções da memória, no exato momento em que encostou o marcador ao quadro: "É provável que não haja memória, para além do sulco das feridas...". Donde lhe chegava aquilo?

César suspendeu no ar a ponta verde do marcador, pelos três longos segundos que levou a enxotar o fantasma. Detestava escrever a verde, mas era o único marcador disponível na sala de aula. Um verde líquido, imaterial como a constipação no morcego. Começou a rabiscar no quadro a premissa que funda o "efeito-borboleta".

A porta abriu-se e assomou uma lúrida cabeça de albino.

– Desculpe professor...

– Aldil, a que se deve a tua visita, ao fim de dois meses de ausência?

– Estive a viajar... e por isso... vinha combinar consigo... do teste.

– Logo vi que não era por mim... Não me *gramas de*[26]... o suficiente... – o riso contagiou a sala.

[26] Expressão irônica que mima o coloquial "gramo dele" (N. do E.)

– Não é isso, professor... – acanhou-se Aldil.

– Nesse caso, entra e acomoda-te.

Era alto e desengonçado, uma vírgula saída das Mil e Uma Noites. Acabou o enunciado e pediu a um aluno que o lesse para a turma. Uma voz fanhosa maltratou as sílabas: "... uma dependência sensível das condições iniciais, potenciada a uma escala macroscópica, que faz com que o bater de asas de uma borboleta nas Maurícias possa desencadear um ciclone em Cabo Delgado..."

César continuou:

– Meus caros, na véspera do último campeonato europeu de futebol, houve um Banco que se lembrou de patrocinar um concurso. Parecia favas contadas: meter um gol de meio campo, com a baliza escancarada e sem guarda-redes. Quem o fizesse ganhava um livre-trânsito para todos os jogos do europeu. A fila para "o chuto da glória" dava a volta ao estádio. Estava no papo, houve até quem se embriagasse antes de entrar no campo, pois quem não acerta numa clareira de 7 metros, mesmo que a 40 metros? Só um gajo com vocação para toupeira e que faça a bola perfurar o solo até encontrar águas subterrâneas... Querem apostar? Nenhum acertou, não houve um premiado. E por quê? Tu aí, tão atento a mandar um msn, diz-nos: por quê?

A resposta foi encabulada:

– Não sei, professor...

– ... porque nenhum deles tinha frequentado esta disciplina para saber que "uma dependência sensível das condições iniciais" leva a que o mais milimétrico desvio no pontapear da bola torne praticamente impossível acertar na baliza. É este o "efeito-borboleta", vital para compreendermos o ruído na comunicação. Estamos entendidos?

Os alunos, na generalidade despistados, *noutra*, tinham o ar de quem depois de séculos de penúria e couve ressuscita em lesma. Só os olhos do albino brilhavam. Ter-se-ia encaixado uma ideia no seu espírito ávido de "eurekas"? César meteu-se com ele:

– Aldil, meu rapaz arredado da ventura de assistires às aulas, como é que te posso resumir em cinco minutos o lento desmantelamento que temos feito dos "mitos da comunicação"? Primeiro, gostava que me confirmasses uma coisa que li ontem, num artigo de antropologia: é verdade que os albinos não morrem?

Aldil ficou desconcertado. Depois reagiu:

– Bom, ainda há dois meses enterrei o meu avô...

– Vês – continuou –, outro mito... – E então saiu-lhe: – Tu sabes Aldil que, no Antigo Egito, os albinos eram considerados os mais próximos dos deuses, e por isso eram sacerdotes?

Mentia. Nem sabia por quê. Andava há meses a mentir nas aulas. Felizmente estavam a acabar. Merecia um copo, de nojo.

2

O tino de Aurora, comprovadíssimo no talento que lhe deu o sustento para a vida, não a deixa dormir. Não é do calor, na Ilha faz mais. É de lhe ter chegado súbita, excruciante, a recordação dos três meses de desvario que – sob influência daquele maldito *malgaxe*[27] de olhos verdes – viveu no palácio do Aly Khan e Rita Hayworth[28], na Ilha de Moçambique. A sua vergonha ainda a faz corar. O tino de Aurora resvala em anfractuosidades inconfessáveis. Nem compreende porque lhe ocorrem agora à mente tais coisas, soterradas há décadas.

Jean-Joseph bichana-lhe aos ouvidos, 'Aurore, mon amour!'... e sobe-lhe a saia pelas costas enquanto lhe aperta o peito. Aurora sente-se sufocar, num desejo anelado pelo pânico. Os senhores acabaram de chegar e Aurora bate, bate a mousse de chocolate.

Há meses que Jean-Joseph, o diabo daquele mordomo de olhos verdes, a ronda e a sua insistência acabou por fazer rombos na sua virtude, movente, dilapidada por uma

[27] Originário de Madagáscar. (N. do E.)

[28] Aga Khan: título dado pelo Xá da Pérsia Fath Ali Shah (juntamente com a mão da sua filha, a princesa Sarv-I Jahan) ao 46º imame dos ismailitas Hassane Ali Shah, em 1817, e que continua até hoje como um título hereditário. Esta "dinastia" iniciou uma série de atividades culturais e de propaganda religiosa, atualmente agrupadas na Rede Aga Kahn para o Desenvolvimento (Aga Khan Development Network), muito presente em Moçambique. Aly Khan foi um dos príncipes desta dinastia e o primeiro elemento da realeza a casar com uma diva do cinema. (N. do E.)

impaciente melancolia. Até aí contrariara todos os avanços e alusões, à espera que Jean-Joseph fizesse a sua declaração formal. Só depois lhe cederia. Estes eram os seus planos. Contudo, naquela tarde, desfaziam o príncipe e a madame as malas no quarto, Jean-Joseph, abeirou-se pé ante pé, na cozinha, apertou-lhe o seio enquanto a boca lhe roçava o pescoço e a outra mão lhe subia as saias, numa decisão comandada por espíritos. Aurora deslinda dois caminhos convergentes para a pulsação que lhe umedece o sexo: ou grita, denunciando Jean-Joseph, o que era o mesmo que separar a sua sombra a punção e martelo, ou cala, gemido a gemido, despendendo o recato, enquanto da batedeira suspensa o chocolate escorre para o chão.

Adorou a sensação de risco, a vertigem do gozo no medo de serem apanhados, o aroma a sexo que depois pairava na cozinha; a nódoa de chocolate que, caprichosamente, desenhou no chão de tijoleira (*coisas do diabo!*) um cão a cobrir uma cadela.

Dois dias depois a cena repetiu-se mas agora no quarto da madame, que apanhava sol no terraço. O príncipe tinha ido a Nacala[29]. Aurora ainda protestou mas Jean-Joseph levou-a a espreitar na janela: a senhora ungia um óleo pela pele.

– Vês, sossegou-a ele, *elle se bronze*. Quando as vedetas de cinema se ungem é para se bronzearem como estátuas, continuou.

E, ali mesmo, à janela, tomou-a. Quem espreitasse de fora, havia de corar. Felizmente, a senhora tinha a cabeça nos filmes. Entretanto, ele, sem cerimônias, puxou-a para a

---

[29] Cidade que fica a 5 km da Ilha de Moçambique, no continente, que se liga à ilha por uma velha ponte de três quilômetros. (N. do E.)

cama de dossel dos patrões.

Os esguios dedos de Aurora ensaiaram numa dobra dos lençóis de seda a trança do desejo. E entre parentes e conhecidos, Aurora não se lembrou de ninguém quando uma enorme bolha de ar lhe rebentou nos pulmões.

A terceira vez foi ela que o procurou, empurrando-o para dentro do enorme guarda-fatos em madeira de sândalo do século XIX. Enrodilhados naquele vão, ela e o maldito malgaxe de olhos verdes encharcaram as toalhas de turco. Nem o cheiro a naftalina os incomodou.

Aurora soergueu-se na cama, inquieta. Persignou-se com a mão de sal. Espero que o menino não ouça os meus pensamentos, pediu.

3

– Que inferno... Merda de invenção! – vocifera César. A culpa era sua, esquecera-se de desligar o telemóvel. Olhou o número no ecrã.

– Raul... – atende, prolongando as sílabas numa toada reprovadora.

– Acordei-te? Desculpa perturbar o sono do guerreiro, mas preciso de te consultar por causa de um caso...

– E isso não podia esperar umas horas?

– Não.

A sua cabeça entrega-se a um amplo suspiro de cetáceo, antes de consentir:

– Ok... tudo bem. Diz...

– Vem ter comigo ao bar do Centro Social da Polícia, daqui a uma hora.

– É assim tão sério que não possamos resolver pelo telefone?

– Infelizmente.

– Até já, então.

Indicaram-lhe a sala. Uma espécie de clube à inglesa, com sofás pesados e cadeirões de cabedal em torno de mesas marchetadas de marfim. Mesinhas redondas ao canto sustentam candeeiros de *art deco*. Na parede da esquerda, numa moldura dourada, o retrato do Presidente. Raul, perto da janela, convida-o a reunir-se-lhe com um aceno de mão.

– César! Senta...

– Que é que te deu para me telefonares às oito da manhã?

– Sou funcionário público, a essa hora já ando a esgaravatar nas tripas de um morto.

– Grunho, grunhices de polícia.

– Eles é que batem a bota cedo! Que bebes?

– Um café duplo.

– Oh pá, isso não sei se há. Hábitos portugueses.

– E porventura esta casa não era a Casa do Porto?

– Agora está cheia de *bradas*...

– Não sei por quê? Olha para mim.

– Tu és um irlandês com alma de preto. E a tua irmã?

– Está para a Ilha.

– Dá-se bem com o fecalismo a céu aberto?

– Vai-se dando.

– E a Beatriz, ainda te atura?

– Lisbon city.

– Não entendo esse teu sistema.

– O que é que há para entender? Eu preciso de isolamento para escrever, ela de bibliotecas para acabar a tese. As duas coisas não são conciliáveis em Maputo. Aqui a casa é minha, herdei-a, em Lisboa tinha de pagar um aluguer, e para fazer face a uma vida de casado o que ganho com os livros ainda é escasso, teria de me meter de novo no jornalismo, profissão que hoje abomino... Enfim, foi uma opção que ela respeita.

– Queres é estar casado e levar uma vida de solteiro.

– Nem isso, estou um monge.

– Quem te viu e quem te vê! Seis meses sem molhar o bico... como é que te aguentas?

– Quando me quero lembrar tomo Viagra!

– Ah, essa é boa...

– Mas não me trouxeste aqui para me interrogares sobre a minha miséria sexual. Speak to me...

Raul tirou do bolso do casaco uma saqueta de plástico que continha páginas quadriculadas redigidas à mão. Sacou uma das folhas, desdobrou-a e passou-a a César:

– Lê!

César põe os óculos. A caligrafia evidencia uma personalidade esquizoide, com inclinações opostas das consoantes na mesma palavra e letras de diferentes tamanhos. Lê: "... tirou a navalha da algibeira e mostrou-ma ao sol. A luz refletiu-se no aço e era como uma longa lâmina faiscante que me atingisse a testa. No mesmo momento, o suor amontoado nas sobrancelhas correu-me de súbito pelas pálpebras abaixo e cobriu-as com um véu morno e espesso.

Sentia apenas as pancadas do sol na testa e, indistintamente, a espada de fogo brotou na navalha, sempre diante de mim. Foi então que tudo vacilou.

O mar enviou-me um sopro espesso e fervente. Pareceu-me que o céu se abria em toda a sua extensão, deixando tombar uma chuva de fogo. Todo o meu ser se retesou e crispei a mão que segurava o revólver. O gatilho cedeu, toquei na superfície lisa da coronha e foi aí, com um barulho ao mesmo tempo seco e ensurdecedor, que tudo principiou. Sacudi o suor e o sol. Compreendi que destruíra o equilíbrio do dia, o silêncio excepcional de uma praia onde havia sido feliz. Voltei então a disparar mais quatro vezes contra um corpo inerte, onde as balas se enterravam sem se dar por isso. E era como se batesse quatro breves pancadas, à porta da desgraça".

– Que te parece? Reconheces?

– É um trecho de *O Estrangeiro*, do Camus, o momento em que Mersault, a personagem principal da novela, mata o árabe na praia, não tenho dúvidas, por causa da passagem da luz do sol na lâmina...

– Tens a certeza?

– Sim, apenas terei de confirmar se corresponde palavra a palavra... – tirou os óculos, dobrou-os, e enfiou-os no bolso da camisa – mas que tem isto de especial?

Raul abanou a saqueta:

– São quatro, todas iguais. Mas não são fotocópias. É como se fossem redigidas na hora.

– Na hora de quê?

– Depois de os matar. É o quarto corpo que aparece baleado em duas semanas, nas praias da marginal. O último foi no Bairro Triunfo. E no bolso da vítima é deixado este texto, como se fosse uma assinatura.

– Um *serial-killer* em Maputo? E culto? Parece que não nos chegava o crime organizado... Gostas daquela série dos *Sopranos*?

– Espera, ainda não é tudo...

– Ah, bom...

– Este gajo é metódico, preciso... ainda que tenha essa caligrafia de criança meio amalucada, age como uma sombra e ninguém ouve os tiros... Há duas semanas que tenho duas brigadas de vigilância permanente à marginal, mas nada... nenhuma pista, nenhum sinal. Esta madrugada apareceu outro corpo, ao pé do Naval... estou à espera que me digam se é uma coincidência ou se o assassinato tem as mesmas características, estou à espera de uma chamada que mo confirme. Queres lá ir comigo?

4

César abre o porta-luvas do carro de Raul para apanhar o isqueiro e vê, saída de um coldre velho, a coronha de uma arma. A sua mão fica um momento suspensa no ar, antes de sacar o isqueiro, verde, bic, cujo rabo desponta atrás da coronha.

É um adereço complementar à profissão de Raul, e César, que o conhece desde o quinto ano do liceu – onde foram companheiros de carteira –, sabe inclusive que ele foi um comando durante a guerra civil, mas nunca associou verdadeiramente ao amigo a imagem de um portador de armas, nunca colou àquela mão calorosa e tão hábil a exprimir-se a afeição de um gatilho.

O seu espanto é tanto mais estúpido quando Peter Cunha, o detetive profissional dos seus romances, coleciona armas, apesar da sua resistência quase fóbica em dispará-las. As armas não são alguma coisa que desconheça, muito pelo contrário.

Dá agora conta que Raul, seu parceiro de bridge e de copos, a quem ouve inúmeras histórias de polícia e outras confidências, nunca se gaba da sua perícia com armas; o seu comportamento é o de um homenzarrão que fora do cenário do confronto direto a que às vezes o obriga a profissão se recusa a fazer da violência um teatro de conveniência, algo sequer digno de menção.

Veio-lhe como um relâmpago, que o assombrou: sem que tivesse tido consciência disso, o decoro de Peter Cunha em relação às suas armas e uso, a sua preferência pela persuasão e "xadrez" da inteligência, tivera absoluta inspiração em Raul.

E Raul, seu leitor fiel desde a primeira hora, fora com certeza o primeiro a tê-lo notado, ainda que se tivesse abstido a tecer sobre isso o menor comentário.

Roda lentamente a cabeça e observa discretamente Raul, interrogava-se até que medida a sombra de Raul nas suas histórias se estende para além da semelhança psicológica da sua personagem, quando este o enfrenta e conta:

– Sabes que conheci uma mulher muito interessante... bom, ainda não posso dizer que tenha conhecido, mas já nos apresentamos, é minha vizinha...

César faz uma pausa, pois, nesse aspecto, conhece as cicatrizes do amigo, e só então indaga.

– É criatura que te possa desempoeirar o sótão?

– Algo do gênero.

5

O cadáver estava de calções, em tronco nu. A pele do corpo, uma fuselagem negra isenta de rugas, parecia repuxada pelos cinco buracos das balas. Orifícios estranhamente cauterizados como se os seus rebordos tivessem conhecido a calcinação do fogo. Era difícil de acreditar como aquele zulu de um metro e noventa, enxuto, de músculos claramente adestrados pelo exercício, se deixara surpreender.

Raul pôs-se de cócoras, tocou o rebordo de uma ferida e levou o dedo ao nariz. César olha atentamente o desenho sugerido pelos cinco tiros no peito da vítima, antes de comentar:

– Há uma coisa espantosa em relação aos golfinhos que ninguém repara.

– Golfinho... – reage, surpreendido, o acocorado Raul –, que golfinhos? Só tu...

– Os golfinhos sofrem da Maldição de Ondina.

– Que é isso?

– Um golfinho é um mamífero...

– E então?

– E então como é que respira dentro de água, enquanto dorme – pensa?

– Enquanto dorme? De fato... nunca tinha pensado nisso. Estás a desconcentrar-me do morto...

– Vais ver que não. Um golfinho só pode adormecer um dos lóbulos cerebrais, o outro está em vigília para lhe manter o automatismo das funções vitais, como a de assomar à superfície de cinco em cinco minutos para respirar. Chama-se a esta vigília ininterrupta a Maldição de Ondina...

– E como é que isso se liga ao nosso *convidado*?

– Olha o desenho que as balas fazem. É a constelação do Golfinho. Talvez não a conheças porque é do hemisfério norte. Se fosse de propósito não era tão nítida...

– Brincas?

– Juro que não.

Raul reergueu-se e mirou detidamente o cadáver, antes de comentar:

– Bem observado, mister Watson.

A LÁGRIMA DO PRÍNCIPE

1

Atrás deles, ouve-se a carambola dos bilhares. Raul cantarola o refrão dos *Vaya com Dios* e com o indicador faz rodopiar o gelo no copo. Acabada a cantiga, dá um gole, pousa o uísque e tira do bolso do casaco uma página de jornal dobrada:

– Guardei este recorte para ti... – Começa a ler: – "Trocou o professorado para conviver com jiboias, mambas, escorpiões, aranhas gigantes e *outros répteis...*", repara na precisão da notícia... como se as jiboias e as mambas não fossem também insetos!

César solta uma gargalhada seca. Tem a voz entaramelada:

– Deixa ler...

Raul passa-lhe o recorte. César lê em voz alta:

– "No início, carreguei pela primeira vez nos braços uma jiboia de três metros..." – suspende a leitura. – Merda, preciso dos óculos... – Tira os óculos do bolso do blusão e coloca-os – Agora, sempre que bebo um copinho preciso de óculos para ler...

– Palpita-me que desfocas... – brinca Raul.

– Psst... – retoma a leitura – "uma jiboia de três meses e ganhei duas picadas de escorpião em cada mão. Era um batismo para tirar o medo. Foram alguns dias de susto, frio, mas valeu a pena"... e acrescenta o jornalista: "Revelou que as cobras comem carne, uma vez por semana. Gostam de coelhos e ratos... vivos!"

– Não diz aí, onde dava aulas antes!

– Não diz mas eu sei: era professor em agronomia, só deu um passo adiante da couve e do carrapato... e é ao camping que ele vai buscar os coelhos e os ratos... vivos!

– Tem lógica!

– Sabes qual é o problema deste teu país? – César sublinha com o dedo, veemente. – Sabes... o problema?

– Não tem pasteleiros!

– Não brinques... – volta a acenar o dedo – meu maroto!

– É verdade... diz-me uma pastelaria que tenha mais que bolos maçudos, de padaria!

– O problema do teu país...

– Desembucha...

– É que todo o mundo julga que isto é uma terra de exóticos, very typical... mas não... vê, o drama deste gajo é que já não encontra um grama de reciprocidade à sua volta... re-ci-pro-cidade, mete isto na cabeça, kaput... esta é uma sociedade à deriva, cada um por si, é natural que o homem prefira as cobras...

– Lá estás tu, com as tuas interpretações enviesadas...

– Este copo é que está enviesado... ou se entornou, ou bebeste-me o gin!

– Eu não toco em bebidas brancas...

– Pois, mas miúdas já marcham...

– Isso são as reciprocidades coloniais... – replica Raul, cortante.

– ... estás danado! 'Tou bêbado, mas ouve o que te digo: re-ci-procidade... Não te iludas por estarmos aqui um branco e um preto à conversa... a solidão deste gajo é que é o retrato do teu país... – leva o copo à boca e regressa num soslaio à reportagem – ele até procura... – lê – "trabalho com animais sem veneno... caso se capture uma cobra ou outro animal venenoso, o passo seguinte é a extração do veneno para a segurança de todos..." Vês? Nas aulas, os alunos estavam-se a cagar, ele que falasse para o boneco, eles vão à net e roubam... eu sei do que falo, sei o que é levar horas a preparar aulas para não ter um aluno que se interesse, querem canudo ou têm o cartão do Partido e marimbam-se... olha, eu agora minto, minto como um cão... e sinto-me um merdas, mas ele sabe do que eu falo, ele sabe que se tirar o veneno às cobras aí escutam-no... Meteu-se com as cobras para ter direito a um bocado de atenção, na merda de um país onde não há ninguém que não esteja tudo surdo aos outros...

– E tu já estás na hora do sermão... eu disse-te que mais um gim era para a desgraça...

– Quero lá saber, chego a casa e não durmo...

– Não dormes, mas eu preciso de dormir... vamos, que dou-te boleia para casa...

– Continuas assim, não te deixo ganhares-me ao bilhar...

2

A cabeça de César endireita-se ligeiramente no seu eixo e volta a pender para trás. Só então pisca os olhos, e dá sinais de despertar. Tinha adormecido no cadeirão, o que era vulgar quando chegava a casa ébrio e ia para o escritório, ouvir música e entreolhar as letras de um livro com um dos olhos fechado.

Num gesto lento pega no telemóvel e vê as horas: seis da manhã. Estala os lábios, à procura de foco, depois, mais enérgico, como se fulminado por uma intuição, vai à estante catar algo entre dois álbuns de pintura. É uma versão anterior da novela que rasgara no dia da chegada de Aurora.

Senta-se e relê o primeiro capítulo da novela:

O dinheiro compra pão, ovos, camisas de seda, férias na Tunísia, viaturas, coca, apartamentos, a mentira, o silêncio – não compra o talento.

Entre os que, bem ou mal, detêm a mola, o taco, o carcanhol, o el contado, o pilim, o metal sonante, o poder econômico, há aqueles para quem essa impossibilidade é uma maçada e os que não têm sequer consciência disso. André-Ruivo "Realizas" pertencia a esta última categoria. Projetar, trabalhar, merecer algo, não faziam parte do seu vocabulário e cotava o talento como uma espécie de águia de circo que vem à mão comer o ratinho branco.

Por instigação de um amigo que tropeçava em ideias mas sem cabedais e que ao contrário de André tinha o conhecimento, a noção do trabalho e algum talento, comprou a quota de uma editora. 33%. Ricardo, o amigo, pediu um crédito ao banco para adquirir a outra quota à venda, 33%, e ficaram com a maioria na pequena empresa, cabendo a Ricardo a direção editorial.

Combinado o honorário para Ricardo, foram jantar, para comemorar. André-Ruivo "Realizas" juntou à última hora mais cinco convivas à mesa e nessa noite gastou o bastante para pagar quase por inteiro dois ordenados de Ricardo. Este minimizou a ostentação de André, isto não é má-criação nem desrespeito, pensou, está alegre e quer comemorar a grande escala.

Ao cabo de uma semana de almoços de trabalho – o único momento do dia em que André concedia tratar de "chatices" –, insistindo o milionário em regar o manjar com garrafas de Barca Velha, ao preço de um fim-de-semana nos Pirenéus, Ricardo pediu uma gasosa e ostensivamente misturou-a no copo de vinho, justificando, esta zurrapa está uma merda, não preferes um Camilo Alves[30]*?*

André ficou sentido, não tirou da mala a pasta com os seus poemas de juvenília que havia pensado mandar publicar, *e ficou a remoer na insolência daquele tipo que só detinha a mesma quota que ele na empresa. Nessa mesma noite comprou as quotas que o fundador da editora tinha guardado para si e ficou em maioria.*

A partir daí, em sendo necessário tratar de algum assunto relacionado com a editora, enviava os seus "secretários", a quem fornecia a coca, e que lhe obedeciam com uma cegueira robótica. Ele não saía do Bairro Alto, cujas esquinas procurava conformar ao design do seu Jaguar.

Com as mulheres também se entregava a uma bizarra e prévia desrealização. Tinha por fixação as mulheres dos amigos, a quem

[30] Um vinho português de baixa qualidade, que normalmente só se usa para temperar. (N. do E.)

começava por cortejar com uma generosidade desenfreada – flores, prendas, viagens, tudo isto nas barbas dos cônjuges – para em breve as incomodar com inábeis gestos de cobrador. Não agia por perversão deliberada, simplesmente o seu dinheiro era a sua pele e, não estando habituado a restrições, farejava no labirinto de carne que lhe era exterior o rasto da nota.

Havia um óbice: André-Ruivo "Realizas" talhava numa magreza repelente um rosto rude e uns olhos piscos, que quase não cabiam na sua bainha. Feio como um bivalve com lunetas, era "um bom partido" crivado de negas e invariavelmente escolhido para melhor amigo, pois quem melhor amigo que aquele que compensa um "mal de amor" com um sushi ou a oferta de um fim-de-semana em Paris?

Daí que quando André-Ruivo "Realizas" entrou às cinco da tarde de uma tarde de maio no parque do Colombo para comprar um rolo de fotografias não pudesse adivinhar que a Lila, na caixa, lhe daria água pela barba[31], *um volume de água que só a cisterna árabe está em condições de conter.*

Ele ficou vidrado nela, de imediato, no seu rosto liso, tão belo como pétreo, no contraste de uns fulgentes olhos verdes contra a escuridão da sua pele, na linha perfeita dos seus dentes sobre uns lábios polposos, no corpo desenvolto e de alardes, e na cabeleira farta e vistosa (– uns lábios polposos ainda se aturam, mas um corpo desenvolto e de alardes?, suspirou César, lembrando que na última versão não tinha emendado o dislate). *Ela registou-lhe o rolo, 10 euros, e ficou à espera que ele reagisse. Ele, de olhos pregados nela, não tugia nem mugia. Teve de "despertá-lo", acenando-lhe o papel da conta. Ele saiu, voltou a entrar no supermercado, encheu um cesto de compras ao acaso e voltou à caixa. Ela continuou indiferente. Foi meter as coisas à mala do Jaguar, voltou ao centro comercial, encheu*

[31] Expressão da gíria para significar algo ou alguém que dá muito trabalho, um trabalho desproporcional para o desfrute colhido. (N. do E.)

um cesto e tornou à fila da caixa. Só à quinta vez lhe arrancou um sorriso. E à sétima perguntou, posso convidá-la para jantar.

Teve de voltar mais dois dias e repetir o cortejo de compras, antes dela lhe dizer, sei que o senhor virá amanhã e é melhor resolvermos isto hoje. Às oito da noite ele dispôs-se a rebentar os amortecedores do Jaguar nas estradas escalavradas do Prior Velho e foi buscá-la a casa. E temendo o significado final da frase, "é melhor resolvermos isto hoje!", o banco de trás exibia uma prenda de volume, requintadamente embrulhada.

Levou-a ao Via Graça[32]*, na Damasceno Monteiro, e deixou que ela se maravilhasse com a vista, depois ao jantar atirou, você é a minha Michelle Pfeiffer, vi-a e soube de imediato, aí está alguém que me vai iluminar a Reflex que trouxe de Praga e emulsionar as 15 latas de película que tenho virgens. Ela manteve-se sem reação. Se calhar não sabe quem é a Pfeiffer, pensou ele, e voltou à carga, você é a minha Michelle Pfeiffer, você sabe que ela foi descoberta numa caixa de supermercado por um produtor do primeiro filme dela? Era como você, uma beleza que se subestimava.*

Ela, que até aí estivera impávida, cortou-lhe a palavra, quem disse que me subestimo. Uma pessoa bonita como a Lila não pode estar atrás de uma caixa, insistiu ele. Sabe, confiou-lhe ela, a beleza a que se refere só me deu sarilhos e um filho aos dezesseis anos, e não vejo que seja a resposta que quero para mim. Aliás, se me aproveitar dela estou a ser oportuna, o que é muito diferente de ser sincera, percebe. É como nascer com muito dinheiro e julgar que tudo se compra só porque o dinheiro nos baba os bolsos, percebe. André embatucou, recuperou o espírito em três garfadas e sugeriu, aceito as suas reservas mas proponho-lhe um contrato para um filme, e se correr bem não temos motivos para não fazermos mais. Hum, disse ela, e sabe se me

[32] Um dos mais belos restaurantes panorâmicos de Lisboa, que permite no alto da sua colina ver-se as outras (a cidade espraia-se por sete colinas). (N. do E.)

interessa fazer filmes. A quem não interessa, adiantou ele. Está muito enganado, cortou ela, sabe o que eu fazia antes de estar na caixa. Diga. Estava numa loja de fotocópias. Ao princípio achei que ia ser muito infeliz e aborrecer-me de morte, mas felizmente que trabalhava numa papelaria pequenina, com horas mortas, e descobri que nos podemos interessar por aquilo que fotocopiamos. Várias vezes pedi autorização e tirei uma cópia para mim – de livros, artigos, fotos, coisas que julgava improvável existir. Outras vezes levava o livro que fotocopiava para casa, pois o dono só iria buscá-lo no dia seguinte. Percebi aí que o mundo é mais vasto e diversificado do que aquilo que esperava, e fiquei viciada. Que faz então no supermercado? A loja fechou para obras, vai estar fechada três meses e o filho do patrão arranjou-me este gancho. Mas num filme, se for atriz, insistiu André, pode descobrir coisas fantásticas sobre si própria. Está outra vez enganado, redarguiu ela, imperativa, interesso-me mais pelo que me rodeia do que por mim própria, diga-me, as tretas que lhe ensinaram levaram-no a pensar que é importante, foi? André Ruivo sentia-se encostado ao canto do ringue, turvo, e o nocaute chegou com a mais simples das perguntas, mas afinal quantos filmes fez, até hoje.

Duas semanas depois, no Sinatra, um bar in nas Docas, repleto de executivos e de gente da televisão, apontaram-lhe numa mesa um jornalista cultural do Notícias e fez-se à companhia, acabando por pagar alguns copos ao triste zoilo. Este deu-lhe várias dicas, contactos, telefonemas de realizadores junto de quem podia discutir o filme, arranjar uma equipe. Chamou mesmo para a mesa dois deles, dos bissextos e ávidos de muita reinação & coca. E foi o jornalista que ao quinto gin lhe pregou, nessa noite, a alcunha de "Realizas", que pegou como labareda no mato. O certo é que os euros de André-Ruivo fizeram milagres: acabou por arranjar equipe.

Três semanas depois do primeiro contacto estacionou o Jaguar à frente dos táxis do Colombo, à hora de saída dela. Lila não queria fitas para a sua vida mas tinha sentido prático e continuar a rejeitar tanto dinheiro seria tonto.

Vou à Praia-Grande passar o fim-de-semana com uma amiga e vou pensar, segunda passe por cá que lhe dou uma resposta, rabulou.

3

(A vida é um jogo de biombos. O que é normal. Trágico é quando *os nossos* evoluem à nossa frente em sombra chinesa e nós desconhecemos para onde vão, que enredos teceram juntos, porque o véu do destino não nos deixa distingui-los da massa anônima. É o que acontece com César, que desconhece em absoluto, o encontro que tiveram, há muitos anos atrás, em Portugal, Raul e Argentina, na Praia Grande, onde neste momento se replicam os sumos servidos e se rasgam as camisinhas das palhinhas.

Pergunta Raul, depois de um soslaio à pequena baía que a praia desenha:

– Porque se chama Praia Grande?

– Há outras mais pequenas...

– Ah, ok? Vens aqui muito? Tem vento, a água é gelada – ironiza – parece-me magnífico.

– Gosto desta esplanada e do caminho para cá, não venho cá para ir ao banho.

– Ah, bom. O caminho é Nice...
– À volta vamos por Sintra, vais gostar mais.
– Mas é um bocado para o atirado...
– Só cá venho quando preciso de pensar.
– Quando queres espantar o inimigo?
– É isso!
– E para além de ti, quem é o inimigo, agora?
– O teu amigo César.
– Eh, eh... Não aterro em Lisboa para vos apanhar em crise.
– Não se trata de uma crise Raul, vou deixá-lo.
– Põe-te leve, garota. Essa merda fez mal à saúde!
– É isso, Raul. Às vezes é preciso romper para manter a saúde mental.
– Mas que fez ele desta vez?
– Nada de diferente... mas é disso que se trata, ele não cresce. O teu amigo é um homem maravilhoso mas não cresce...
– Estás assim tão decidida?
– Sim, inscrevi-me para um mestrado no Zimbawé... ainda nem lhe disse.
– Por que o Zimbawé?
– Há vagas, melhoro o inglês, e fico mais próximo de casa.
– Sentes-te mais em casa no Zimbawé do que aqui? Estás em Portugal há dez anos...
– Não. É uma forma de dizer. Uma forma de fugir. E pedia-te que não lhe dissesses nada.
– Eu? Eu estou de turismo, 15 dias... estou imune às grandes mudanças.
– És um amigo.
– Tenho pena, ele não vai gostar nada.
– Nem eu... – tira um pequeno búzio da sacola, passa-

lho. – Olha, dou-te, apanhei-o esta semana...

– Uau, lindo!

– ... Se te sentires tentado a contar-lhe esta nossa conversa, ouve o búzio. Ouvindo o mar esqueces o que ias dizer.

– Essa é boa. É muito bonito, vou fazer um porta-chaves com ele.

– Faz...

– Espera, que é agora? Estás a olhar para mim de uma forma diferente, como se eu fosse carne, um bife...

– Sabes que esta esplanada tem quartos para alugar, lá atrás?

– E?

– Quero saber o que ele sente... ao dormir com as outras...

– Eh... 'péra lá... Que conversa é essa?

– Podíamos alugar um quarto!

– Sim... mas não comigo!

– Não?

– Não.

Argentina bebe o sumo de uma vez, chupando vagarosamente na palhinha, os olhos fixos no mar. Raul fixa-se no perfil dela:

– Tu não és assim... ele é assim... tu não! Tu queres tirar desforra, vingar-te, mas essa não é a tua dieta.

Argentina pousa o copo, sem desatar os olhos do mar. As gaivotas em loopings mergulham na água. Finalmente devolve-lhe o olhar, enquanto a sua mão procura a dele:

– Tens razão... obrigado.

– Obrigado não, foi um prazer dizer que não. Limpa a alma, ajuda a circulação do sangue...

– Parvo... – replica Argentina, a voz um pouco embargada de emoção.)

4

André-Ruivo "Realizas" converteu-se na anedota da noite lisboeta mas estava demasiado ocupado para dar-se conta. Que lhe interessava se o diretor de fotografia que contratara há meia-hora no Sinatra escarnecia dele, quinze minutos depois no Bairro Alto. O tempo urgia, havia ainda milhares de rolos virgens no mundo para gastar com Lila. E também não era sindicalista para dar conta que todos os técnicos haviam dobrado em 50% os seus honorários normais. André queria uma "equipa profissional" e tinha-a.

A biografia de Lila e as chicletes desenhavam até aí duas paralelas, mas durante a rodagem esmoeu milhares. Ao fim dos primeiros três dias capacitou-se que não conseguia descerrar o rosto e dar-lhe um laivo de expressão. Apesar de perfeita de linhas, desde adolescente que Lila se mexia com a rigidez de alguém que está na iminência de ser violada e aqueles primeiros dias de rodagem não trouxeram o degelo. Um pé. Só ele é que não via. Ele não queria ver, exultante. Ela, por vezes interrogava-se se havia de lhe contar que o assistente de câmara deixava frequentemente o fotômetro[33] à vista num canto do enquadramento, o que lixava um filme que se pretendia passado no século XIX.

Mas ele cortava-lhe a palavra, menina, o realizador sou eu. Uma vez, em desespero, apontou apenas, mas ele olhou e não quis ver o aparelhômetro, só tenho olhos para ti, respondeu-lhe. André-Ruivo

[33] Aparelho para medir a intensidade da luz, muito usado pelos cameraman no cinema. (N. do E.)

tinha uma crença mágica no poder do dinheiro e jurava a equipa empenhadíssima. Lila remeteu-se ao seu papel de efígie.

De três em três dias, André voltava à carga, com convites irrecusáveis, mas Lila mantinha a relação num plano estritamente profissional, sem saber que isso ainda o excitava mais, que a pertinaz recusa dela era lida como uma promessa exercitada por uma superior discrição.

No último dia de rodagem, ele pediu-lhe um jantar a sós e não havia meio de fugir. Ele trouxe-lhe como presente uma litografia de Basquiat, que havia comprado em Nova Iorque, e que ela odiou. Então, gostaste de trabalhar no cinema, perguntou-lhe ele ansioso. É preciso uma paciência de Job, resumiu ela. De Job? Sim, não conheces? Claro... balbuciou ele, mas não gostaste? Prefiro as pessoas do meu meio, são menos falsas, secou ela. Então não queres fazer mais? Olha, disse ela, na terra da minha mãe costuma dizer-se que um feijão no meio dos feijões não é problema, mas um pulgão no meio dos feijões já anuncia desgraça.

Três meses depois convidou-a para ir com ele ao Festival do Cairo, onde o filme abriria o certame. André não lhe disse que conseguira colocar o filme no Festival à custa de amanteigar algumas mãos e de ter desembolsado um patrocínio gordo; o que era importante era o reencontro entre ambos, que ela visse nos olhos dos outros o brilho que ele via nela. A coisa correu mal logo ao jantar quando ela lhe disse, eu não queria isto, vim aqui por respeito ao dinheiro que me pagaste. Não foi por mim, perguntou ele. Não, foi por respeito ao que me pagaste, e devias ter consciência disso sem precisar que eu to dissesse. Não, atirou ele abespinhado, só vieste por causa da fama que o filme te trará. Estás enganado, o filme vai ser uma desgraça e depois posso voltar ao sossego da minha vida, onde ninguém repara em mim.

Foi profética. Há décadas que não se ouvia apupos assim. André-Ruivo, com Lila a seu lado, deu a cara na conferência de imprensa que se seguiu. E evocou Deneuve, para falar do tipo de beleza de Lila. O que provocou o gáudio na sala, apinhada ao cheiro do sangue. Um crítico desferiu, você é o exemplo do novo-riquismo que invadiu o continente e a sua falta de sentido de ridículo é um insulto à sétima arte, seguiu-se um espectador, lapidar: a atriz, salvo seja, que está nessa mesa, até pode vir a representar, mas a sua atuação neste filme é a de uma estátua de mármore, aliás bonita, a quem querem ensinar a ser um iogurte. As gargalhadas retumbaram durante meses na cabeça de Lila.

Contudo, a autoconfiança de André só no dia seguinte é que ficou abalada, quando, às 10 da manhã, tentou ligar para o quarto dela, e da recepção o informaram Lila já tinha partido. Num gesto de revolta, rasgou o reposteiro e esmigalhou um bibelot contra a parede. Após o que se meteu no duche. Ali, onde ninguém notaria, derramou algumas lágrimas.

Desceu, dirigiu-se à sala do pequeno-almoço e compôs, à sua maneira, num pires, aquilo que lhe pareceria mais próximo de uma salada grega. Começou a comer, pausada, mecanicamente, e é insondável o que o fez transbordar o dique, desatando num pranto que constrangeu todos os presentes.

O pranto continuou pela família, criados, os poucos amigos de infância e pelo país fora, quando viram escarrapachado nos mais variados jornais que o "Realizas" se havia excedido, realizando aquele que era já candidato ao pior filme da história do cinema. André não podia ter um banho mais ácido, tudo o que não lhe fora dito em trinta anos chovia agora, brutal, com ramificações purulentas e espinhosas. E o drama é que o Senhor da Chuva não estava à mão para ele o incitar a uma operação de suborno: nenhumas cheias desviaram as notícias do seu fracasso.

André-Ruivo regressou a Lisboa, fechou-se em casa e lá permaneceu o resto da sua vida, sozinho com os gatos, e uma criada, a quem semanalmente massacrava com o visionamento do filme com a diva da sua vida.

A denúncia partiu da vizinha, incomodada pelo cheiro. A visão daquele batoque de ceroulas, com dois tiros no bucho, não correspondia exatamente à visão dos céus cerúleos. André-Ruivo "Realizas" encontrara o seu filme: fazia de morto e não era o narrador.

O acidulado da morte ardia nas narinas, ao que se juntava o fedor a mijo de gato prensado por séculos de chavascal. É um rasto que se esconde no sabugo e torna pútrido o mais ordeiro centímetro cúbico, mesmo em lugares, como ali, de luxo e amenidades.

Parece que fazia filmes... – cisma Quaresma, em voz alta, o mais estulto polícia a oeste de São Petersburgo. E aponta a máquina de projeção com uma bobina colocada. Tinha descoberto a pólvora.

Nessa altura entraram o subchefe Martins e, para meu espanto, o presidente da câmara. Que fazia ali o figurão? A arraia-miúda foi imediatamente dispensada, e só lá ficaram os dois maiorais, acompanhados de um calmeirão mais lacônico que o muro da Cisjordânia, um tipo ligado às companhias de seguros e que na Judite era conhecido como o "batente do silêncio".

César acabou a custo a leitura, numa grande perturbação. A meio da leitura, recordara-se. Mudando os nomes, os cenários, o relato, quase *ipsis verbis*, fora-lhe contado por Raul, há uns seis meses atrás. Não compreendia como escrevera a coisa na mais infame inocência, esquecido de todo. No mínimo, Raul merecia metade dos direitos de autor. Tomado por um arrepio, resolveu repegar no seu último livro saído há dois anos e confrontá-lo com a evidência a que se mantivera tão cego.

Acordava de que tipo de sonambulismo? E Raul, porque nunca lhe dissera? Sentir-se-ia lisonjeado?

5

Beatriz comprou numa *Feira de Livros de Fundo*, no Fórum Picoas, um exemplar da *plaquette*[34] de poesia de César, o seu único "atentado lírico", no dizer do próprio, publicado numa edição de 500 exemplares, há sete anos atrás. Um euro. Em bom estado. Julgava-o esgotado de todo. Finalmente podia oferecê-la ao Bernardo, o seu novo colega de departamento na Faculdade, com quem tecia uma intimidade crescente. Comprou igualmente os *Diários* de Gombrowicz, em dois volumes, na edição francesa da Folio, também muito baratos. Guardava-os na mala, quando tocou o telemóvel. Bernardo convidava-a para jantar. Tinham de ultimar com urgência o programa para um Congresso Internacional sobre Literaturas Africanas.

Encheu a chávena de chá de camomila, que adoçou com meia colher de açúcar (não gostava que o açúcar cortasse o gosto do chá), trincou um bolo de canela e ouviu atentamente, na Antena 1, o prelúdio da *Rapsódia Negra*, de Francis Poulenc, sempre gostara muito da abertura daquela peça musical.

O dia não começava verdadeiramente, para si, sem tomar o pequeno-almoço naquela mesa redonda à janela da marquise, que se abria para a Rotatória de Algés. A

---

[34] Um pequeno livrinho de poesia, normalmente constituído por um só caderno de dezesseis páginas. (N. do E.)

Rotunda estava um pavor, mastodôntica, com um frenesi sem alma, trucidada por viadutos que lhe mataram o gracioso comedimento do passado. Nem os elétricos eram os mesmos, amarelos e maneirinhos, agora lembravam enormes lombrigas tatuadas por publicidade aos laxantes e saídas diretamente dos desertos de Frank Herbert. Mas a janela sentava-a ao colo da sua infância, quando Algés era um recatado subúrbio e os seus cafés faziam inveja, e ao fundo se divisava o rio. Na verdade, aquela também não era aquela a *sua* janela, mas outra localizada no prédio do lado, num andar acima, em casa dos pais. Contudo, a perspectiva era semelhante e o passado idem, o que lhe permitia decalcar sobre a atual Rotunda uma paisagem emocional de perfil muito distinto, amenizando a agressividade do presente.

Há quase trinta anos, praticamente desde que lia, que começava o dia diante daquele cenário, com chá, bolinhos, e um jornal ou um livro, que saboreava enquanto passava a língua pelos dentes, livrando-os dos grânulos de canela.

Hesitava sobre se comia o terceiro bolinho (tinha de começar a ter cuidado com a linha, andava a abusar dos doces) quando reparou na sua mala, pousada sobre a tábua de engomar. Tinha-a lá largado à noite, chegada daquele agradável jantar com Bernardo. Nem a abrira. Fora à cozinha buscar um copo de sumo, antes de ir diretamente para a cama, com um grão na asa, aliás. Tinha de perguntar ao Bernardo o nome daquele vinho.

Não percebia era a razão de afinal não lhe ter dado o livrinho do César. Nem abordara o assunto.

Levantou-se e foi buscá-lo à mala. Há quantos anos não relia o único arroubo lírico do seu marido, que aliás lhe estava dedicado?

Sentou-se, deu um golinho no chá, e abriu ao acaso: *Sou: no estuário que a diz./ No mais, desmembrada espuma,/ Rodízio de sombras em carne viva./ Descabido é o sal, sem ela.* Pensou, 'rodízio de sombras em carne viva' é um bocado tremendista, excessivo, e até violento para a delicadeza do sentimento que se pretende expressar; talvez o poema ganhasse em ser reduzido ao primeiro e ao último verso; 'descabido é o sal, sem ela' não é mau como fecho.

Catou adiante: *O problema não está no ajuste/ De minha mão ao seu seio/ Mas no clamor de descobrir/ O seu fundo de areia movediça...* Hum, teria sido por isso que ele fugiu para Maputo? E por que clamor? Clamor era aliás a única palavra enriquecida em urânio num conjunto de palavras vulgares, pensou. A ideia do poema, pensou, era engraçada mas falta-lhe o *apport* da expressão... de resto, os poemas não se fazem de ideias; e o seu fundo risonho, quase trocista, armadilha de antemão a sinceridade do dito.

Em dez minutos mastigou o livrinho de fio a pavio e fechou-o desconsolada como nunca. Que arrependida, de lhe ter prometido o livro. Aqueles poemas, prolongados em tantas noites de amor, na ânsia de um filho que posteriores exames à sua fertilidade revelariam ser-lhe impossível conceber, afiguravam-se-lhe agora tão frágeis; pela primeira vez, o seu lastro emotivo não resistia à análise literária. Por mais que lhe custasse tinha de admitir que o mais engraçado do livro era o título: "Louca Vegetação"; e este, afinal, não era de César, pertencia ao prudente Aristóteles, que com semelhante mimo havia descrito o gênero feminino.

No placard de parede, na marquise, onde amontoava

postais, recados, folhetos e papéis vários, viu o post-it em que César anotara para ela uma quadra que Montale dedicara à sua falecida mulher. Fechou os olhos e recordou a quadra: "Tínhamos combinado para o além/ um assobio, um sinal de reconhecimento. / Procuro modulá-lo na esperança/ de que estejamos já todos mortos sem saber." Procurou assobiar mas nada lhe saía.

Atalhando a emoção, deu numa trincadela seca ao último bolinho de canela (era o último, tinha de ser o último), e quis assustar-se com o grau do desapego que descobria em si. Em vão. Tinha de pensar seriamente porque, nos últimos tempos, tudo era pretexto para adiar a sua ida para Maputo.

6

Não obstante a amotinação do cloreto de sódio, Aurora mantinha a mão para a culinária. Foi o que lhe aliviou a ressaca. César acabou o seu *Paté de Cogumelos* e chamou-a. Ela, divisando sob uns olhos tristes um sorriso de satisfação, antecipou-se:

– Não precisa de me *parabenizar*, menino, é um prazer...

– Também tu, com esses brasileirismos... Aurora, até

me fazes suspirar por uma picanha com feijão preto...

– Hei-de fazer para o jantar.

– Continuas a cozinhar assim e vai dar um chilique à Cesaltina, uma síncope de ciúme. E não sei se não vais ter de ficar no hospital, a fazer exames.

Aurora bate por três vezes na mesa:

– Que Deus não o ouça!

– O Niahtitima é quem sabe...

– Quem é esse?

– O dermatologista. E tu, com esse prodígio...

– Ó menino, ponho uma luva e ninguém vê...

– Tens de ver dos diabetes... e a tensão...

– Ora, sempre a tive baixa, menino.

– Vai-te lá arranjar, temos de estar na clínica daqui a trinta minutos.

As coisas intrometiam-se no espírito de Aurora, abstraindo-a da sala do consultório. O dermatologista virava-lhe a mão para a frente e para trás, atordoado com o que a natureza lhe concedera testemunhar, e Aurora fechava as pálpebras gozando a brisa no terraço da casa do Príncipe Aly, enquanto a madame resmungava nas costas dela por as rosas não serem borrifadas com a regularidade que ela exigia. Aurora ouvia-a nitidamente, no seu inglês de Hollywood, *sheet, the salt killed the roses, you dont understand?*

– Filipa, sou eu.

– Ah, olá. Foste com a Aurora ao Nhiatitima.

– Fui.

– E ele?

– Ficou siderado, um boi a olhar para um palácio.

– Não te disse, é uma mutação nunca vista.

– Desde a mulher de Loth...

– O quê?

– A mulher de Loth, a que se virou para trás e ficou transformada em estátua de sal.

– Isso é virtualmente impossível.

– No mundo virtual nada é impossível.

– Desconversas.

– Pelo contrário, chamo-te à realidade.

– Que é que o Niathitima vai fazer?

– Ia-lhe dando uma coisa quando lhe mediu a tensão e dava normalíssima. Mandou-a fazer análises por causa os diabetes e disse-me que ia consultar dois especialistas na África do Sul e que te ia telefonar...

– Não sei por que não falou já...

– Ainda não deve ter apanhado os outros e quer dar-te conta do que eles lhe disserem...

– Para além da saúde dela o que me preocupa é isto: a Aurora já não tem idade para ser tratada como fenômeno. Não quero ver a sua vida invadida pelo mexerico. Tu já viste se a notícia se espalha nos jornais?

– Por mim podes estar tranquila, ela compra-me o silêncio com umas sopinhas de caldo verde.

– Não deixes que as águas fiquem muito agitadas...

– Eu? Já te disse, comigo é sopas e descanso.

7

THE HEARTACHE AND THE THOUSAND NATURAL SHOCKS

quando Hamlet agarrou numa flauta e pediu a Guildenstern que a tocasse e Guildenstern desculpou-se não posso Hamlet retorquiu então miserável não podes arrancar uma nota a este simples instrumento e pretendes arrancá-la de mim homem interminável

mente toldada por bestas sucessivas que fitam pelos meus olhos e crivam milhões de rostos no meu sangue, fluindo errantes ou desprendendo-se como desacordadas estrelas contra a obscuridade antes de se fundirem cremosas nos meus abismos e da sua conflagração me subir à saliva numa pequena gota acre – tudo quanto basta ao seu esplendor e a este rumor velho de séculos que desata a ansiedade com que os meus testículos contagiam a noite – ou quando em mim entro como num tumulto de constelações ainda sem nome e as contemplo a fugir a entrechocar e a cair desfeitos em cólera sobrevindo-me uma lágrima tumultuada pelas suas crepitações e desastres

não pensas Guildenstern não crês que Hamlet elsinore a Dinamarca a Europa a orbe do universo e as galáxias que tremeluzem mais além são apenas a lágrima de um príncipe que se sonha na sua noite?

César faz a sua cadeira recuar e relê no ecrã o poema do argentino Juan Gelman que há dias tenta traduzir. Sempre que se encontra bloqueado e a sua novela não avança pega no poema. Não volta à versão anterior, ensaia uma nova, fazendo tábua rasa da memória, como se aguentasse pela primeira vez o coice do cavalo.

Tem uma pasta com dezesseis versões do poema, palimpsesto que cristalizará – em chegando às vinte – no veio único que, apesar de si, as repetições talham. É o sexto poema que traduz, nos últimos meses, à rédea curta, isto é, com o mesmo método.

E depois da evidência sente que no peito se abre uma cratera lunar, e um teatro de poeira.

MOSQUITOS E LINCHAMENTOS

1

Não conhecia os meandros da história do café Continental, mas sempre lhe parecera bizarro que o capitel das colunas fosse ornado de chocalhos e os azulejos tivessem farfalhudas vacas estampadas, como se o dono do lugar quisesse transmitir às pessoas que a sina da vida é condenar-nos ao estábulo, à condição de bestas. Contudo, César gostava da escala do café, amplo, que permitia a cada mesa um desafogado isolamento, e do seu pé-direito, alto, a pedir cirros e nimbos. Olhou pela vitrina – com rebordos cinzelados em cobre de alto a baixo – a ruína do Scala, no outro lado da avenida, o café rival, fechado há mais de 20 anos, e em cujo bulício gastara a sua adolescência, entre livros e miúdas. Não compreendia que um espaço tão magnífico, com cheirinho a Art Nouveau, estivesse às moscas, ameaçando derrocada, na avenida mais nobre da Baixa.

Sorveu o café e deixou o pastel de nata a meio, era congelado. Resolveu experimentar a sua nova caneta permanente. A caneta e a maciez do papel dos seus cadernos elegantes, de bom design, que decidiu comprar para ganhar ânimo. Por isso descera à Baixa, que tem as melhores papelarias da cidade.

Abre o caderno e escreve:

"– Pai, por que é que os mosquitos roncam a voar?

– Dorme, se dormires não ouves.

– Não vêm picar?

– A ti? Não. Já sabes que vêm todos para mim. Tu saíste à tua mãe, tens sangue ruim...

– Pai...

– 'Tou a brincar...

– Parece que roncam.

– Estão a refilar, eles não gostam de trabalhar e xingam que se fartam. Se ouvires maningue pode ser uma manifestação...

– São grevistas como o avô?

– Não é?

– Ouves?

– Hum, hum.

– Eles trabalham mais à noite?

– Queres que acenda o petromax[35]? Se calhar, o melhor é apanhá-lo...

– Não, eu tapo-me... É mais quando está escuro, não é?

– Ouves? Este deve ser mais gordo...

– Se eu gritar, eles fogem?

– Acho que sim... mas, se gritares acordas outros, que dormem.

---

[35] Candeeiro alimentado a gás. (N. do E.)

– Ah, há os que só trabalham de dia!

– Têm turnos.

– Mas, os que trabalham à noite, estão sempre a refilar?

– Trabalhar é como quem diz... tu, quando comes uma papa, estás a alimentar-te ou a trabalhar?

– A alimentar-me.

– É mais ou menos o que se passa com eles... eles trabalham na procura do alimento...

– Então não têm razão para xingar...

– Tu às vezes não fazes birras sem razão nenhuma?

– Quando eu tinha quatro anos, agora já tenho cinco.

– É verdade, até já pões bâton.

– Pai, foi uma vez, no dia de anos, foi a tia que me emprestou...

– Olha, agora acho que são dois.

– Vêm a rezingar.

– Um deles. O outro deve usar relógio. Ouves um tic-tac? Deve ser *uma*...

– Como é que sabes, pai?

– Há os mosquitos e as mosquitas, eles regateiam, passam a vida nisto, e elas usam relógio... oferecidos por eles. À noite é mais costume serem elas, os pobres estão *cut*... elas, à noite, fazem piqueniques.

– Então... ainda há bocado aldrabaste...

– Aldrabei?

– Disseste-me que estavam a trabalhar...

– 'Pera aí, pus a hipótese de estavam a rezingar...

– Pai... estiveste a beber?

– Querias que te dissesse logo que eles têm relógio e nós não?

– Pai, por que é que não trabalhas?

– Não sei, a tua mão diz que eu um mandrião.

– Que é isso?

– Um malandro que logo à nascença preferia ter torneiras a ter bidons.

– Pai, é verdade que a mãe dorme com homens?

– Hum... quem te disse isso merecia umas cacetadas...

– Dá no mosquito.

– Sabes, os crescidos falam muito da vida dos outros, mas não ligues... Já viste um mosquito a falar do que fez à tarde? Quando te pica à noite, não está a falar do que fez à tarde, pois não?

– Não, tem a boca ocupada...

– É, como nós... a tua mãe não dá-te carinho quando estamos juntos? Que importa o que faz à noite... Somos felizes, o que vivemos agora não nos faz pensar no que fizemos antes, não é?

– Pai, não sei se percebo... mas nós não picamos como os mosquitos.

– Pois não, linda... mas às vezes ferramos no sono, não é?

– Pode ser...

– Então dorme...

– ... até amanhã, pai... Se vires algum mosquito parecido contigo, não lhe batas...

– Está descansada..."

Uma voz amistosa ecoa sobre o ombro de César. Era Raul, metia-se com ele:

– Que fazes tu, no Continental? Vieste mugir a vaca a que tens direito?

– Quando é que reabre a merda do Scala?

– Opá, isso está para dois séculos, guerras entre herdeiros...

– Queres ir almoçar comigo?

– Não sei, tenho um encontro improvável...

– Improvável...

– Lembras-te do Bartolomeu Macuácua?

– Ui, estás em plena teia da aranha... tens airbag?

– Telefonou-me e insistiu que fosse ter com ele... a Xipamanine[36]... – irônico – diz que é o seu círculo eleitoral...

– E que é que ele quer?

– Não posso envolver os meus amigos na merda que me cabe...

– Tens ao menos tempo para adoçar a boca num café?

– Já estou atrasado, entrei só para comprar tabaco. Mas *estamos juntos*[37], depois ligo-te...

– Ok, meu coronel...

2

Donde surgiu o martelo que lhe esmigalha o cotovelo? O ladrão sucumbiu como um morcego atingido por pedrada. Os olhos raiados de medo, a boca aberta sugando

[36] Enorme mercado informal de rua, como o Roque Santeiro em Luanda. (N. do E.)

[37] Expressão popular moçambicana, que funciona como cumprimento final quando dois amigos se encontram casualmente. (N. do E.)

o ar em volta.

A turba abate-se sobre ele. Um miúdo prega os dentes na perna do ladrão até golfar sangue. Outro pontapeia-lhe a cabeça. O terceiro esmurra-lhe o abdômen. Ninguém, da dúzia de homens e garotos que rodeia o corpo deixou o seu crédito por mãos alheias. Em torno repetem-se as incitações, matizadas pelo receio de que tudo acabe depressa demais. Querem prolongar a tortura; o ódio carambola, empesteia o ar.

Abrem-se alas para deixar passar os dois homens que transportam um pneu. Atrás deles, um mais velho, magro como um arame, enrola um pano na ponta de um pilão, um pano encharcado em gasolina.

Pouco esperneia o ladrão, rendido. O corpo espaçado deixa-se anelar pelo pneu, enfiado pela cabeça. Tenta balbuciar, o que lhe dá direito a duas galhetas suplementares. Corvos negros pairam no ar, pressentindo a carniça.

Raul visou uma das aves. O impacto do seu tiro dispersou os justiceiros. Só o miúdo da dentada, a boca tinta de sangue, lhe enfrenta o olhar. Raul nem hesita, num segundo disparo despedaça a lata de cerveja que roçava os pés do miúdo; aí, deu corda aos sapatos.

Raul chama uma ambulância. Olha em torno, faz-se uma clareira à entrada do mercado do Xipamanine. A mão contraída, tensa, sobre a coronha.

Raul vê a ambulância partir, funga, e encaminha-se para a tasca de onde saiu há quinze minutos para resolver o linchamento.

O seu amigo – abriu o botão da gravata por causa do calor do caldo – sorve uma colher. Absolutamente absorvido. Do balcão perguntam:

– Deputado, outra cervejinha?

– Traz lá a beer... – responde o deputado, limpando o suor na testa com um lenço. Mete outra colher na boca.

Raul larga a pergunta como se fosse uma bofetada:

– Está bom o mutchuchu[38]?

O outro nem acusa, impassível. Raul não desarma, apontando para fora:

– Um linchamento, a dez metros de ti...

O deputado abre mais um botão na camisa, olha-o de soslaio e atira, como se recitasse:

– A miséria, esse lobo furtivo que vive entre os gentios... – Sorri, muda o registo e a conversa: – Senta, esta gaita está uma maravilha... Em mais nenhum lado fazem a cabeça como aqui, em Xipamanine... Queres uma colher?

As mãos de Raul fecham-se ao lado do corpo.

– Estás tenso? – desarma o outro, sardônico. – Senta pá, achas que alguém segura uma multidão em fúria? Ou sim, tu. Tu estiveste à altura, agora senta e celebra...

– O ano passado ocorreram 49 linchamentos no país, este ano, ao fim de três meses, vamos em 30...

– Ano de eleições, é natural. Imperativo: – Senta, Raul!... – Raul senta-se, é servido de uma cerveja. – O povo – torna o deputado – tem de descarregar as suas forças negativas... E afinal não era um ladrão?

– Sim, roubou uma carteira com vinte meticais lá dentro...

– Ter tido azar na carteira retira o gajo ser um ladrão?

– Só quando este desespero... este cansaço das pessoas, rebentar à vossa porta, é que darão conta...

[38] Cozido feito com as bochechas e a moleira da vaca. (N. do E.)

– Concordo, a maior parte dos políticos é uma cáfila, sobretudo entre a oposição... eu trabalho, eu produzi três leis só este ano...

– Coberturas legais para distribuírem mais, *entre vosotros*...

– Eh, não te metas de lado, o Partido não se esquece... basta tu quereres...

Raul apalpa a letra bordada no colarinho do amigo:

– ... tu combateste ao meu lado... Como é que...?

– Vês as coisas ao contrário? Novos tempos, novas metas... E só seguimos as instruções do FMI, meu caro, o país só progride com uma burguesia nacional forte...

– Através do compadrio...?

– Lá estás tu, que mau feito! Compadrio, corrupção? Costumes diferentes... Apoiamo-nos uns nos outros, e podemos apoiar-te... – sorve de novo a colher, depois engole um corato, que mastiga pensativamente.

– E que querem vocês em troca de eu vestir camisas Boss e trocar de carro? – pergunta Raul.

Bartolomeu nem hesitou, como se aliviasse algo que estava embargado:

– Esquece essas investigações que andas a fazer, não fica bem a um antigo combatente...

– Vens comigo à estrumeira de Xipamanine para me propores um preço?

– Não... viemos a Xipamanine, a este mercado de merda, para que tu entendas o que éramos e no que nos tornamos...

– Julguei que vínhamos à arena do mercado informal para me certificar como o país está podre, como este modelo faliu!

O deputado:

– Que dramático! E pelo contrário... – aponta veemente para fora. – Está pujante como nunca... aviso-te: nós queremos o teu bem!

– E quem te avisa, amigo é... – replica Raul, secamente.

– Mas, afinal, que pensas tu, que tens a mais que nós?

– Sabes, quando começamos a governar-nos com meia verdade, rapidamente nos viciamos na meia mentira. Não quero essa merda para mim, respeita isso.

– Talvez te fodas! – cortou o outro, lacônico.

3

A palavra não pode ser uma porta fechada ao corpo. É do que se capacita naquele exato momento o Gago, cuja cabeça parece uma melancia pendurada ao pescoço. Um dos olhos resiste ainda ao nocaute mas uma última biqueirada desfaz o resto.

Depois, Marlene, tira a sua cabeleira loura, deixa-a pendida ao lado da coxa (roça o chão) e com a outra mão levanta a minissaia e tira a picha para fora e deleita-se num jorro, urinando primeiro à base da acácia amarela, antes de rematar sobre a cabeça do inanimado.

No largo dos chapas, que esperam pela alba, um motorista amodorrado lança uma onomatopeia e faz tenção de intervir mas Marlene trava-o, num gesto firme:

– Brada, este bardamerda levas tu, depois... agora deixa-o sossegar...

Aquela sanha começara horas antes, na boite Vencedora da Noite, onde o Gago entrara por engano, depois da embriaguez que se seguira ao telefonema recebido ao almoço, informando-o sobre o encarceramento do Ratazana em Joanesburgo.

Ficou furioso por não poder estar em casa nessa tarde, para receber a sua aluna Cheila, de quinze anos, com quem estava combinado *um levantamento de nota*. A prudência mandava que fosse ao Banco rapar o amealhado, pusesse três t-shirts e umas cuecas na sacola e se escapulisse sorrateiro, antes de chegar a sua vez de ser preso. Fora no que dera o Ratazana ter falhado o coração do polícia por dois milímetros e a cabotinice da cunhada, que apresentara queixa contra eles.

Tinha amigos em Quelimane e lá veria o que fazer, como orientar-se.

Mas decidiu despedir-se em grande, antes de apanhar o primeiro chapa da manhã para norte. Um ocasional parceiro de copos falou-lhe duma boite especial, em meandros da cidade onde nunca entrara, e de fato aí, num beco, uma toada funky sacudia miasmas e gatos vadios, tendo o seu olho mais teimoso enxergado uma porta debruada em néon e encimada por lucilantes letras garrafais: Vencedora da Noite. O porteiro deixou de negar-lhe a entrada quando ele o amanteigou com quinhentos.

Queria vingar a banhada involuntária à "catorzinha",

que o perdia de excitação por causa de um sinal no seio esquerdo em forma de cão que o Gago gostava de lamber. A nota dela prometia ser alta, mas a prisão do Ratazana estragara o arranjinho.

Nem pedigrees nem rafeiros abundavam nos seios que aclimatavam a penumbra da boite, entrecortada por flashes de luz negra. E os poucos homens presentes afiguravam-se-lhe um pouco amaneirados. Contudo, cinco ou seis arrasadoras silhuetas femininas, de curvas no lugar e muito bem arriadas, num "empinoque", como diria o Ratazana, sentaram-no, zonzo, num canto, a espionar a pista de dança. Começou a fazer fosquinhas para uma delas, uma mulherona de minissaia de napa, seios atrativos e cabeleira loira e escorrida, que dançava como um candelabro nada crawl. Até que finalmente ela se sentou:

– Olá *chéri*!

– Sen-sen-ta...

– *Chéri*, só me sento uma vez, não é necessário pedir duas vezes, a não ser...

– A nã-não sê-ser, quê, quê, quê?

– A não ser que *kiss*, *kiss* cada uma das minhas nalgas, seria *marveilleux*...

Sentou-se.

– Que-que-res beber o quê?

– Ah, és gago, *chéri*, melhor...

– Ri-ris de mim... – pôs-se o Gago, de sobreaviso.

Ela era maior que ele (exibia uns traços um pouco rígidos que o piscar da luz atenuavam) e pegou-lhe no queixo, fazendo momices com a boca, antes de retorquir:

– Não *bardalindo*, com os gagos *is better*, duram o dobro...

E ria-se.

– Gostas de ho-home'? – inquiria o Gago, apontando o dedo, já em conspícuas piruetas mentais.

– E quem não gosta, quiduxo, *relax*... estamos juntos cherie.

– Sou home' e pro-prof...

– Ah professor... nice... tem direito a bobó...

– Pa-pago mais?

– Não, quiduxo, é oferta da casa...

– O pró-prof... tem mola... Que que-queres bebe-ber? – insistia o gago, num sorriso alvar.

Não levou muito tempo para que o Gago falasse demais, entusiasmado pelo pirafo que aí vinha.

No táxi, Marlene tira a moca para fora. Das que ribombam quando se expõe à luz, tesa como um marco do correio. Com firmeza agarrou-o pelo cachaço e anunciou:

– Hora do bobó, prof.

Obrigou-o a abocanhar.

– Eh... – quis protestar o Gago. Mas pôde pouco.

Dez minutos depois já o Gago tinha a cara num bolo. E Marlene, com uma biqueirada, assinou.

Depois de a abanar até ao último pingo, meteu a pila para dentro, baixou-se, abriu a sacola do Gago e tirou o maço dos dólares. Sacou metade do maço. O resto voltou a meter na mala. Falou alto, para o taxista:

– Este dinheiro é sujo. Odeio profes que fazem as alunas... Tu ouviste o talk do man? O filho da puta fez merda, onde é que um profe tem grana? Anda alguém atrás deste dinheiro...

Dirigiu-se ao atarantado motorista, deu-lhe uma nota de cinquenta dólares, e ordenou com voz de comando.

– Brada, põe o olho na Bela Adormecida. E levas daqui para fora *aquela merda*... Quero aquela merda fora da minha terra. Aquele dinheiro está marcado, *do you mean*, há-de ser o inferno dele, e de quem lhe pegar, *do you mean*?

O Gago já não ouvia. Ciente de que há momentos em que o corpo não tem uma porta por onde entrar a palavra.

4

Aurora fez a picanha, como tinha prometido. Ainda a pingar sangue, ao gosto de César. Este, no fim, vencendo-lhe as resistências, obrigou-a a sentar-se à mesa e a beber um capilé, enquanto ele beberica um uísque. Foi Aurora quem abriu "as hostilidades":

– Sabe o *nino*, que já li um livro seu? Um livro policial.

– Ai, sim? – respondeu César, surpreendido. – Não te maçou?

– Não, achei divertido. Até as partes um bocadinho picantes...

– Chocaram-te?

– Não! Também tive os meus dias...

– Olá, quem diria!

– E estive cá a pensar se um dia conto-lhe a minha história com a Rita Hayworth[39] e o príncipe Aly Khan...

– Sou todo ouvidos.

– Sabe que eu trabalhei para eles?

– Vagamente. Ouvi falar disso em miúdo, depois esqueci-me... e só agora é que estou a avaliar os figurões... Tens de contar-me...

– Outro dia.

– Quando quiseres.

– Sabe o *nino*, o meu falecido pai era um português cantineiro.

– Sei.

– Mas no mato, a 20 km de Nacala... Era um homem bom mas não tinha os cinco alqueires bem medidos, segundo o Bastos da farmácia... e pelava-se por... um poucachinho de pinga e um poucachinho de jogo...

– Essa nunca me tinhas contado.

– O doutor era um miúdo... Não era sempre, só quando ia a Nacala abastecer-se, aí de uns dois em dois meses. Um dia foi para Nacala e quando voltou a casa levava com ele um aparelho de televisão...

– De televisão, tens a certeza...

– ... com estes que a terra há-de comer. Tinha-a ganho ao jogo a um marinheiro americano, de uma fragata que estava ancorada no porto. Às cartas...

– Sei como é. Não te percas...

---

[39] Rita Hayworth – Gilda e A Dama de Xangai foram os expoentes da carreira de Rita Hayworth, em Hollywood. Diva da década de 40, encantou pela beleza, carisma e pelos seus dotes de dançarina. Foi casada com Orson Welles e, mais tarde, a primeira atriz a se casar com um príncipe, Aly Khan. (N. do E.)

– Chegou ao compône[40] com o aparelho e foi uma festa. Eu já trabalhava na Ilha, mas a minha mãe contou-me. Isto ao tempo da Maria Cachucha[41]...

– Mesmo... não calculas ao tempo que não ouvia essa expressão...

– Nem ainda havia televisão em Portugal, está o menino a ver. Aí por 57, nesse Verão estive com eles e lembro-me da alegria com que ele referia o que tinha lido no Notícias da Beira sobre as primeiras antenas de transmissão em Portugal... O Salazar[42] tinha erguido aquilo lá para Lisboa, para preparar a televisão e o meu pai convenceu-se que num instantinho a televisão havia de

---

[40] Casas de trabalhadores de uma fábrica, normalmente contíguas e muitas vezes em semicírculo. (N. do E.)

[41] Expressão portuguesa para designar uma coisa muita antiga. Equivalente ao João Onça. (N. do E.)

[42] Ditador português cujo "reinado" durou de 1926 a 1966 e que preferiu fomentar a guerra nas Províncias Ultramarinas à libertação das colônias, como foi normal acontecer na Europa depois da II Guerra Mundial. Temeroso dos efeitos da televisão sobre o povo opresso e embrutecido, só a autorizou em 1957, quando foram lançadas as primeiras antenas nas matas de Monsanto, em pleno coração de Lisboa, o que causou euforia nas províncias, conforme atestam as inúmeras notícias sobre a televisão que nesse ano se escreveram em Moçambique. A ditadura sobreviveria ainda 8 anos ao momento em que Salazar, *caindo da cadeira*, teve a trombose que o afastou do poder.
História curiosa e por contar em ficção é a dos dois anos que se seguiram a este momento fatídico. Salazar ficou xexé mas a sua autoridade era tal que, apesar de imediatamente ter sido encontrado um sucessor, Marcelo Caetano (que encontraria depois de 1974 exílio no Brasil), o conselho de ministros continuou a ter com Salazar uma reunião fantasma por semana para fingir que o antigo ditador mandava ainda nos destinos do país. Um comportamento piedoso, *mui digno dum pio povo.* (N. do A.)

chegar ao ultramar... E então quando ele carregou a televisão para o compône, sabe o que ele fez?

– Estou ansioso, já mereces um Porto.

– Nem pense. O meu fígado não anda bom... Mas dizia eu, nino, que ele arranjou uma extensão muito comprida para ligar o televisor à eletricidade. As casas do compône faziam uma meia lua em volta da bica de água, e ele punha o aparelho no centro, em cima de uma mesa baixa, bom, um poucachincho arredado da bica, e acendia aquilo à noite. Era uma festa com os miúdos...

– Mas não se podia ver nada.

– Dava só aquela chuva da televisão.

– Eletricidade estática.

– Pode ser, ficava aquela chuva e a garotada cantava. E o meu pai com eles, bebia, apontava a antena e jurava, "há-de chegar!", "há-de chegar!". Isto durante semanas, ele deixava a televisão na varanda debaixo de uma lona e à noite levava-a para o meio do largo. Até que um dia caiu de repente uma carga de água que avariou o aparelho. O padre Andrade é que brincou com ele: "Diniz, a César o que é de César e a Deus o que é de Deus! A chuva do seu aparelho não regava as *machambas!* [43]". O meu pai ficou bravo.

– Engraçada, essa história.

– E sabe que eu nunca me habituei ao aparelho. Nem depois de cá ter chegado. Olhe, notícias não gosto, é só desgraças... A gente vê tantas mudanças em tudo que até dá dó, não é para o nosso modo na Ilha... a maninha que lhe diga. Vejo uma novela, um programa no domingo e filmes antigos, não ligo mais o aparelho.

---

[43] Palavra local para designar uma horta, um terreno onde se pratica agricultura de subsistência. (N. do E.)

– E fazes bem, que quando é demais faz mal.

– Tudo o que é em demasia, nino... Agora diga-me... Que é que o *nino* escreve... agora? É enredo que se diz não é?

– Não é um policial. É uma sátira política de antecipação. Passa-se no ano de 2015. Os chineses transformaram o norte de Moçambique num deserto[44] porque raparam todas as árvores...

– Ai Jesus...

– É uma história, temos de ser otimistas e acreditar que os governos vão acordar a tempo de acabar com o saque de madeira... Mas na minha história não, e os chineses deixam a terra como a cabeça de um careca. E de repente não há madeira para fazer novos caixões e então todos os velhos caixões têm de ser reciclados. E aí tem lugar uma revolta dos mortos e os espíritos invadem a capital...

– ... até me arrepio.

César ri-se e interroga-se porque mente à sua velha ama. Ainda que ache piada à história que acabou de improvisar sente-se um bocadinho indecente. Atalha:

– Aurora, hoje vou sair e venho tarde.

– O *nino* apanha a senhora em Lisboa... – censura, benevolente, a velha ama.

– Não, é só hoje, e é por causa de um trabalho.

– Jura!

– Fazes-me lembrar a Argentina.

– Ai não diga isso, que eu choro. O que eu gostava da menina!

---

[44] No exato momento em que *A Maldição de Ondina* é publicada no Brasil, os chineses rapam clandestinamente, com o beneplácito das autoridades locais, as florestas do norte de Moçambique, numa escala sem precedentes. (N. do A.)

5

Beatriz aquece as mãos frias na chávena de café e recorda.

Lá fora estava ameno, um tempo primaveril, e há uma hora... que se despediam, dentro do carro. Argentina relatava a sua paixão por café, torrado, moído, com aroma, misturado, café de todo o mundo, como adorava ir à Estufa por causa da variedade que lá ofereciam, e Beatriz pôs-se a pensar no acerto de Samuel Butler quando equiparava a vida a um solo de violino que tocamos em público enquanto aprendemos a técnica do instrumento, à medida que decorre a execução. Era um prazer escutar Argentina, fosse qual fosse o tema, assistir ao seu entusiasmo e energia. Era um privilégio conhecer a primeira esposa do seu marido e saber que entre ambas não se ergueriam a suspeita, as reticências habituais ao relacionamento de duas mulheres que partilharam o mesmo homem, o mesmo corpo.

Fora, apesar da iniciativa ter sido sua, um pouco apreensiva ao encontro de Argentina, na verdade decidira-a uma inconfidência de Aurora, que adorava a *menina*, e pôs Beatriz com a lebre atrás da orelha e determinada a conhecer a sua rival, até na estima da cozinheira. Estavam a passar uma semana na Ilha (a sua primeira ida à casa de família, onde vivia Helena, a irmã de César) e por três vezes a empregada por lapso lhe chamou Argentina, até que César gracejou, Não te sabia daltônica, Aurora?, o que a fez corar e cair em si. Seguiram-se as desculpas e, à noite, no terraço, já César se tinha ido deitar, a confidência da empregada, que lhe espicaçou a curiosidade.

Por uma vez a fama correspondia à personagem, Argentina afigurava-se-lhe uma mulher sólida, bem formada, desempoeirada, atraente e cheia de humor. Beatriz sentiu mesmo uma pontinha de ciúme e pôs-se a imaginar a escala das asneiras que teria César perpetrado, para além do que lhe contou, para perder o casamento com uma mulher de inegável qualidade. Ouvia-la e ecoava em si uma frase, não se lembrava de onde, As possibilidades de a alma do teu marido te parecer vulgar e a sua inteligência ridícula são de cem contra um, em vagas que iam aumentando a probabilidade de tal acontecer. Quedou-se no dez para um.

Esperava que o impacto tivesse sido recíproco, julgava pelo menos ter colocado a suficiente atenção no modo como a escutava e foi muito viva a conversa que tiveram sobre os autores de que ambas gostavam. E depois a elegância de Argentina, que sobrevoando as feridas próprias e o desapontamento só lhe falara das qualidades do César, sem a querer "prevenir" de nada, como mulher experimentada... Via-se que não só apenas havia crescido com ele como crescera por dentro, talvez ao contrário de César que (e isso fazia metade do seu encanto) se mantinha um "adolescente perpétuo".

Ouvia Argentina e espantava-se a constatar que após três meses de Moçambique talvez o maior encontro humano que lhe fora proporcionado tivesse sido afinal com a ex-esposa do seu marido. Como é que é? O violino só se domina à medida que a exibição recria as regras do espetáculo e apura uma técnica que se abre ao improviso, ao inesperado.

– O livrete do carro, por favor?

Uma gorda mulher-polícia interpelava-as, de metralhadora à tira-colo. Beatriz, que conduzia, olhou rapidamente para baixo e para cima, a avaliar se o estacionamento do carro estaria em infração. Entreolhou Argentina e perguntou, firme, à agente:

– Meto já os cinquenta para o refresco no livrete, ou cometi alguma infração que mereça multa?

A agente ficou tão embaraçada com a resposta que ficou automaticamente em sentido e retirou-se, muda. Beatriz estava surpreendida consigo, a sua réplica saíra-lhe claramente sob influência, para agradar a Argentina. Mas tinham tido sorte, a mulher polícia ainda tinha um pingo de vergonha. Desataram à gargalhada, e esse elo foi como um sinete para a amizade que nascia.

TERNA É A NOITE

1

Há quantos anos não entrava no Luso, a rainha das boites da ex-Rua Araújo, caudaloso rio de putas e de fogosas venalidades? Doze anos, quinze? As constantes idas e voltas entre Moçambique e Portugal foram-lhe alterando os ritmos e aos poucos a noite deixou de ter atrativos para César; deixara de enternecer-se com as pessoas, reduzindo-as a existências de papel, a "personagens" da série policial que o projetou como escritor.

O casamento com Beatriz constituiu a machadada final na sua outrora afamada compulsão noctívaga, paralela ao seu entrosamento profissional na escrita, que acondicionou no sótão dos artefatos literários: muita disciplina e contrita emoção.

No entanto, recebera a encomenda de um conto para uma revista de Barcelona e o tema era a vida noturna das cidades, o que o obrigava a espiolhar sob o manto da ilusão e da sordidez noturna algumas sílabas de néon, a compassividade que inspira.

Pediu um uísque duplo. Habituava-se ao ritmo sincopado das luzes e ao anacronismo dos seus tímpanos aturarem *Boney M* – um funky corcunda e bicado pela ave do *disco sound* – trinta anos depois do prazo de validade, quando uma multidão de unhas pintadas de vermelho, suavemente, lhe coloriu o ombro.

– *Darling*, do you looking for us?

Duas calmeironas de mini-saia e olhar de gasolina. A de cabeleira loura, atestava-o os gestos soltos e o brilho da esclerótica, estava ligeiramente tocada. Rodearam a mesa e sentaram-se, sem cerimônias. César sentia-se uma plataforma petrolífera a atrair os tubarões – sempre o incomodara naquele ambiente o cheiro a carniça, a sangue. A mais sóbria exibia uma estampa no incisivo esquerdo, onde se via um velho marinheiro a fumar cachimbo enquanto uma sereia lhe apalpava o músculo do outro braço. Uma moda chegada de Captown, que pegara como brasa no mato.

– Quanto tempo dura essa estampa, perguntou César.

– Três meses, vai sumindo.

– Empalidece.

– Darling, isso é português?

– Oh yes, indeed!

– Nice, como é que se diz, lindo?

– Em-pa-li-de-ce: fica pálido...

– Ah, yah, gramo demais esta profissão, todos os dias aprendo uma palavra nova.

– As posições é que são sempre as mesmas... – provocou a 'loura'

– Não é? – reforça a amiga, sacudindo o peito numa gargalhada intempestiva. Depois recompõe-se, olha César num desafio e atira:

– Tu, *darling*, o que é que gostas no amor?

– Do silêncio que se segue...

A resposta dele suspendeu-lhes os gestos. A 'loura' é a primeira a reagir:

Nice... – e retorque – mas eu estou sempre muito ocupada em dar à sola...

– Não lhe ligues... – ameniza a outra – a minha amiga 'tá muito revoltada porque o namorado a deixou, 'tá magoada... pagas-lhe um baileys?

César encolheu os ombros ao mesmo tempo que a cabeça anuía. A luz baixou e a música do streap invadiu a cena, impondo o silêncio.

– Gramo dele... – confidenciou para a outra a da cabeleira loura, ao mesmo tempo que pousava a sua mão em cima da de César.

A famosa Silver Girl, vinda em *tournée* diretamente de Brazaville[45], ocupou o centro da pista de dança. Segundo os relatos, abria o clitóris eriçado como uma navalheira.

César saca do bolso do casaco o seu pequeno caderno de apontamentos e escreve, indiferente ao streap:

"À entrada do Hotel Central, os baixos-relevos não enganam: a festa vai ser de foder até partir. É um hotel para quem a tem segura. Como a do John O'Connor que, cansado da vaca loura que tem em casa, meteu prego a fundo e duas horas depois franqueia a porta do Luso, uma boate à moda antiga, com streapers e mulas boas, como ele diz, na ex-Rua Araújo, a mais afamada babilônia das noites laurentinas.

[45] Capital do Congo. (N. do E.)

O'Connor veio ao que todos os *boers*[46] vêm: meter-se em cima de uma preta como quem baldeia de água fria o motor que escalda.

Era nova a miúda, nunca a tinha visto. Ainda bem, O'Connor não gosta de repetir os pratos. E a Laurinda ainda tem aquele recato das novas.

Laurinda viveu sete anos na África do Sul e compreende o *afrikânder*[47] mas não lhe diz, visto a delicadeza nele não ser o forte.

Combinam o preço e vão para o Hotel, a 50 m da boate.

À entrada do Hotel Central, ele, que lhe tinha posto o braço sobre o ombro, mete-lhe a mão na mama, a imitar o baixo-relevo e solta uma gargalhada alarve. Laurinda sabe que tem de o despachar, antes que a sua brutalidade se torne pesada.

No quarto, despem-se e depois de dois mimos grosseiros, ele ordena:

– Faz-me um bico.

Ela não está ali para ser relutante.

A meio do *serviço* toca o telemóvel dele. A mão esquerda de O'Connor afaga a cabeça dela e a outra ampara o telemóvel, e barafusta:

– Foda-se, a vaca não me larga, nem às duas da manhã.

Fala da mulher. Ela quer interromper mas a mão dele impede-a:

– Don't stop... – e põe o telemóvel no altifalante...

– Estás a telefonar-me para quê? Aconteceu alguma

---

[46] Como de comum se chama ao branco sul-africano, descendente de holandeses. (N. do E.)

[47] A língua que falam os *boers*, uma mistura de holandês e inglês. (N. do E.)

coisa ao Peter? – é o filho.

– Porco brochista... – responde-lhe do outro lado uma voz embriagada – passaste-me o AIDS, filho da puta.

– Apanhas-te-a com o Iorg, minha puta...

– Tu é que inventas essas histórias para te justificares. Aposto que estás em Maputo, com as tuas pretas.

– Sabes por quê? Mamam como tu nunca soubeste fazer, minha vaca podre.

Amparando a cabeça de Laurinda, a sua mão continua a pontuar o ritmo do broche. Responde a mulher:

– Já lhe disseste que tens AIDS?

– Não se fala com um naco de carne...

– Fascista!

– Fascista é o caralho do teu pai...

É aí que Laurinda é sacudida por um vômito provindo do fundo dalguma mina e que, para se aguentar, num esforço incontrolável, fecha os dentes. Estava fora de si, garantiu.

Oito da manhã. A caminho da tipografia, atravesso como sempre a Rua Araújo, e à esquina encontro uma multidão rumorejante e O'Connor a sair em maca, desacordado, do Hotel Central.

Na esplanada do Café Rossio, defronte das varandas laterais do Hotel Central, uma rapariga ri e chora com o sucedido à amiga. É ela que me conta o ocorrido, depois de o ouvir de Laurinda.

A polícia já passou no hotel mas nenhuma colega de ofício delatou o nome da amiga. E se melhor gente, como Osíris, perdeu a pila, por que não O'Connor?".

Fecha o caderno e guarda-o.

A mais sóbria das miúdas, está intrigada:

– *Darling*, nem viste a baby!

César esboçou um sorriso triste. Pediu-lhes nova rodada. Releu rapidamente o que tinha escrito. Uma trampa repleta de clichês, mas era o realismo sujo, nonchalant, cínico que esperavam dele. Na verdade, pensa César, o estilo do escritor resume-se à expressão que menos o assusta, desde que em miúdo descobriu que até o movimento do triciclo lhe provocava enjoos. Onde é que li isto?

César engoliu o seu Passport num sorvo e levantou o copo a pedir outro. Varria a sala, à procura da empregada, quando o viu. Parecia uma fotografia desfocada no meio de duas enguias que lhe disputavam a atenção. Teria mesmo aquela tonalidade sépia? Estava, no mínimo, tão desinteressado pelo ambiente como César, mas – confirmá-lo-ia a caminho do banheiro, ao entreolharem-se – verdadeiramente insólito era o seu olhar metálico, insondável, de quem desde tempos imemoriais já só tem passado.

2

Raul vê as horas no telemóvel, 4h45, levanta-se da cama encharcada em suor e vai à casa de banho molhar o rosto. Já há água, ouviu o ronco dos canos dez minutos antes. No prédio, durante a noite, é fechada a água – racionamento forçado pelo déficit de capacidade do tanque que alimenta o prédio. A torneira dá o petardo habitual e aos estilhaços líquidos segue-se o jorro, amarelado; a merda do tanque precisa de uma limpeza séria.

Enfia a cabeça na bacia, de lado, rente ao jorro, e com a mão desvia-o para o seu rosto, em brasa. Já não aguenta aquele maldito clima. Farta-se de jogar na lotaria sul-africana, para poder meter a reforma e rumar definitivamente para o Cabo e o seu clima temperado, mas a sorte foge dele. E a semana vai continuar uma bolha vulcânica. Nem sequer está mais gordo, mas já há uns anos que no pico do Verão acorda meio asfixiado, como se durante o sono lhe tivessem enfiado um saco de plástico pela cabeça. Principalmente desde que Lhisa, há dois anos, levando consigo a merda do gato persa, e deixando com ele o Artur, o filho de ambos, se pirou para Quelimane[48], sem um olhar de despedida, o que o pôs mais amarrotado que o polposo silêncio dos cactos. "Moléstia, o caralho: dor de corno...", zombara o sargento Figas na sua ausência, espicaçando o riso da esquadra, como lhe soou mais tarde, e desde então acorda à noite alagado em suores e aquilo repisa músculo a músculo no seu corpo de abandono a tiracolo: "moléstia, o caralho: dor de corno!". Volta a encharcar a cara e a ideia veio-lhe, súbita, risonha.

Há uma semana reparou que havia uma nova inquilina no sexto esquerdo, exatamente abaixo de si; uma mulher de pôr qualquer sentinela às avessas, uma mulata clarinha com sardas de canela, boca carnuda e peitos ideais para vender a fiado. Trabalha na Procuradora da República e era viúva – informações agradáveis. Subira as escadas – a

[48] Cidade do Norte, a 1500 km de Maputo. (N. do E.)

porra do elevador voltou a avariar – atrás dos guardas que carregavam o tapete de Arraiolos que ia embelezar a sala dela e quando deparou com a esbelta figura feminina que os esperava armou um sorriso tímido que ela desfez em espuma com a sua voz de ramagens silvestres: "Bom dia, vizinho, desculpe o incômodo...". Raul anuiu o mais simpaticamente que pôde e subiu abananado o último lance.

Fez as suas investigações, o único conhecido seu que lhe podia proporcionar um contacto obrigá-lo-ia, pelas tortuosas relações que Raul mantinha com ele, a engolir o sapo que Raul queria reservar para mais tarde, para um caso imprescindível. Desde aí dava voltas à cabeça no fito de achar a chispa que lhe permitisse entabular conversa mas nada lhe surgira de convincente. Aquele golpe de água no rosto iluminou-lhe a via reta: devido ao corte de água noturno é frequente no prédio – uma vez de dois em dois meses – que alguém distraído ou menos avisado deixe uma torneira aberta que volta a jorrar no período mais ferrado do sono. Também a si já lhe acontecera acordar com o parquê coberto por quatro dedos de água, enquanto lá fora um ribeiro descia as escadas e se insinuava, sob as portas, nas casas dos vizinhos.

Sorri ao antever o belo tapete de Arraiolos empapado, transformado em arrozal, e o seu pesaroso semblante ao tocar a campainha, munido de esfregona e balde; revê a sua atrapalhação desdobrada em desculpas enquanto se dirige prontamente – sem esperar por convite – para a sala da atarantada advogada e, como um sapo-esponja, lhe enxágua a urdidura. Sorri e com a mão sobre o ombro toca na cicatriz das suas costas. Parece um cavalo marinho. A sua hora de retribuir o golpe está a chegar.

Abre a torneira da cozinha, a mais próxima da porta

de casa, vai ao quarto do Artur espreitar o miúdo, que dorme tranquilo, e volta a deitar-se no seu leito tépido, o coração em paz, uma mão caída na cama, na esperança de ser refrigerado pela maré.

Adormeceu mais tranquilo que o pitosga que vê osga[49].

3

A madame meteu a cabeça na porta e chamou-nos para a sessão de cinema.

Todos os sábados à noite, juntava os notáveis da Ilha no pátio do palacete – o Governador, o padre, o senhor notário, o professor Araújo, o sr. Castilho, da fábrica de conservas, e a esposa, uma senhora fina que falava francês... – e o Jean-Joseph aprontava a máquina de projeção. Para onde quer que fosse, a senhora levava os seus filmes consigo, viajavam com ela, para onde quer que fosse... E gostava de passá-los às pessoas da terra. Não era por vaidade, mas porque eram coisas bonitas.

E não dispensava, num banquinho corrido ao fundo, a presença das suas criadas. O seu *staff*, como gostava de nos apresentar à plateia.

Recorria sempre a um intérprete, poucos dos convidados

[49] Lagarto um pouco maior que uma lagartixa e que tem a particularidade de cuspir para os olhos de quem o observa. (N. do E.)

falavam inglês.

Na sessão até tínhamos direito a beber um Porto. O marido não gostava nada desta generosidade com a criadagem, mas ela era assim, "sans manières", como explicava em francês.

Sangue e Areia, como eu gostei do filme. Mas havia outro filme que a senhora passava mais e a deixava tristonha, *A Dama de Xangai*. A madame nutria um carinho especial por aquela fita e pelo ator principal, que foi seu marido, aquilo via-se.

As vezes que o Jean-Joseph, quando o Príncipe não estava, montava o ecrã para uma sessão privada... e sempre desse filme. E à senhora dançava-lhe uma lágrima ao canto do olho. Um dia viu-me a reparar nisso e disfarçou: "não ligues, entrou-me a lua para o olho!". A lua, ela era assim! Tão boa, dizia que eu era a melhor cozinheira do mundo, e enchia-me de carinhos. Eu também gostava muito do filme. Sobretudo da cena de encontro no Aquário.

O Jean-Joseph olhava para mim, ele estava a controlar a projeção, mas eu sentia as pálpebras dele nas minhas costas, a despirem-me, e as minhas pernas tremiam e eu imaginava-nos naquele cenário, com grandes omeros como fundo e tubarões martelos, e que uma enorme raia enchia a janela do aquário e batia as asas *naquele momento*, até me faz doer o peito, há anos que não tinha recordações tão vivas de tudo. Será da mão?

Aurora mordia os lábios quando César abriu a porta.

O nino está em casa. Posso dormir.

Duas horitas, três, o pipilar dos pássaros já anunciava a manhã, e o menino não ia acordar tarde, mas era melhor que nada.

O NOME DE UM PAÍS

1

César notou logo o ar contrariado do amigo, retraído como a pérola que lastima a sua sorte.

– Tens novidades?

– Vai um martini?

– A esta hora?

– Foi o que pediste da outra vez.

– Não havia café duplo.

– Não havia e não há.

– Que bebes tu?

– Uma tônica?

– Why not, uma tônica... Tens novidades?

Raul embarcou num longo gole de água tônica, só depois respondeu:

– Hum... Prendemos um gajo. Por acaso. Fizemos uma rusga nos bares noturnos e apanhamos um gajo sem documentos. Nada prova a sua ligação aos crimes. Só que o farsolas se chama Mersault[50].

– Mersault? Que coincidência.

---

[50] Personagem principal do livro *O Estrangeiro*, de Camus. (N. do E.)

– Estranho, não é?

– É branco?

– É. Ou não sei. Tem um tom... ou uma ausência de tom, um mate marado, sei lá, um brilho envelhecido, há qualquer coisa de muito esquisito naquela pele.

– Acho que o vi. Como é o olhar dele?

– Não se penetra. E ao mesmo tempo o tipo parece inofensivo. É uma baralhação. Mas não posso mantê-lo preso sem provas. E o interrogatório tem sido inconclusivo... ainda por cima fala um português arrevesado, parece um cuco a soletrar o espanhol...

– É de onde o tipo?

– Diz que é de Argel. Que trabalha num escritório de uma firma de construção civil, o que confere porque eles mandaram um advogado. Vou ter de o soltar... Não posso prender um gajo só porque se chama Judas... ou Caim.

– Mas não pararam os crimes?

– Não sei, ele está preso há quarenta e oito horas, e os crimes aparecem mais ou menos de cinco em cinco dias.

– Mantém-no mais uma semana na choldra.

– Essa é a minha ideia, mas continuamos no domínio das coincidências. E não explica o que aconteceu anteontem...

– O quê?

– Um dos teus colegas de letras, não ouviste falar.

– Não tenho saído.

– Apareceu com as tripas de fora.

– ... as tripas?

– Fazia-se um papillon com o intestino delgado, que estava exposto...

– Quem?

– Aquele Ramiro Fortunato, black, um gajo permanentemente assanhado...

– Ah, esse cretino! Teve o que merecia, morreu a chafurdar na própria merda, como ele queria... Era um excelente poeta mas um escroto como pessoa, um gajo mauzinho até para os guardas do prédio, e bebia como um alarve na esperança que lhe batessem, o sonho dele às 8h da manhã era que às 17h alguém já o tivesse desancado e posto nocaute, e então engatilhava umas atrás das outras até que elas acontecessem...

– Disso ninguém tem dúvidas. O que não bate certo é que os pais tenham vindo queixar-se por causa de um testamento que apareceu à última hora e que lega os manuscritos inéditos a uma Jeanne Lemmer, que os pais nunca viram mais pintada. Sabes quem é?

– Assim de repente... Espera, eu conheci-o com uma namorada congolesa, uma mulata engraçada. Não me lembro o nome dela, mas pode conferir. Não estou é a ver o cabotino a fazer testamentos...

– Ora aí está um ponto para investigar.

2

O que é que o despejou tão estrepitosamente na lembrança do seu primeiro *rendez vous* com Argentina, na praia da Macaneta? O barulho da fritura das batatas na cozinha? Talvez a alusão à congolesa, com Raul, de certo modo parecida, o mesmo tipo de corpo lanceolado, nariz afilado, olhos límpidos e um puro design italiano. César manteve-se todo o almoço a remoer a tarde daquele último Inverno passado em Moçambique, antes de ir para a Universidade em Lisboa.

Entreolharam-se de longe, avaliando-se como dois transeuntes solitários que convergem para o centro da zebra. O que não fugia à verdade, eram os únicos banhistas na praia. A dez metros do contacto já sorriam, espontaneamente. César estendeu-lhe o seu cartucho de castanha de caju.

– O que diz um boneco de neve a outro boneco de neve? – a primeira pergunta que lhe atirou.

E ela, sem se desmanchar, sem anestesia:

– Não tens calor?

Havia depois de apreciar o humor dela, desconcertante, direto, inteligente, que dizia as coisas sem as maquiar. Adorava a resposta que lhe deu, depois de terem feito amor pela primeira vez e dele, inseguro, bolsar o inevitável, gostaste:

– Não tive tempo para pensar!

– Que idade tens? – a segunda pergunta que lhe fez.

– Dezoito... – respondeu Argentina, numa pronúncia quase sem sotaque.

– E como te chamas?

– Tenho o nome de um país... – brincou. – Queres adivinhar?

– Desde que não te chames Liechtenstein...

– Xii, isso não é um país, é um ladrão de lichis...

– Boa... – disse Artur, surpreendido pela rapidez dela.

– És moçambicano? – perguntou ela.

– É uma confusão. A minha infância é moçambicana... depois fui para Portugal três anos... com a independência, o meu pai tornou-se moçambicano e a minha mãe ficou portuguesa, eu estou no meio. Confuso, não é? Um dia decido...

César sorri lembrando-se da articulação correta mas sacudida de Argentina, as sílabas, nela, corriam à frente do raciocínio, como tivesse nascido para locutora de rádio. O gozo com que percebeu que ela dava nomes ou fórmulas mágicas a tudo, com uma invenção ímpar, como designar a Virgindade "A Porta que se Chama Quarentena".

Três meses depois aterrava com ela em Lisboa. César deitara os escrúpulos para trás das costas e fizera chantagem com o pai, para ela ir com ele estudar para Lisboa. Descobrira que o pai tinha uma segunda mulher, a quem instalara casa nas Torres Vermelhas, em Maputo. A mãe, de boas famílias portuguesas, não hesitaria em partir todos os pratos se viesse a lume o desvario do consorte e César negociou com o pai o silêncio – em troca de uma passagem para Argentina e de um aumento chorudo na mesada.

Para a família lisboeta, habituada aos brandos costumes da Avenida de Roma[51], à época a zona chique de Lisboa, foi um choque terem-no visto aterrar com uma preta, tão novinhos, que disparate, disfarçava como podia a avó, ainda que ela seja muito bonita, e mortificou-a até à morte aquela fresta para a condescendência.

Afinal de contas, quem aproveitou foi ela acabando por tirar Economia, enquanto ele patinava nos vestibulares

---

[51] Avenida chique de Lisboa, desde a sua construção nos anos quarenta até aos anos 70, quando começou a sua decadência e periferização. (N. do E.)

de Direito anos a fio. Com Argentina ao seu lado, mondou sem descanso o seu primeiro romance, para muitos o seu melhor, e durante quase uma década ela aguentara firme a sua volubilidade, o cabotinismo de quem, embandeirado com o sucesso, desvirtua o rigor do fluxo inicial. Até ao seu caso com a jornalista, que a fez dar-lhe uma guinada e voltar a Moçambique.

Sem ela, sucedeu-se um ano de desnorte e dissipação, antes do advento de Beatriz, uma professora de literaturas que o reanimou e lhe jugulou os medos. O seu primeiro policial obteve um tal sucesso que ficou prisioneiro da personagem. Voltou a Moçambique, à procura do recuo e silêncio que lhe permitiriam ir-se renovando sem trair os *seus leitores*. Os livros foram-se multiplicando, tal como as forçadas separações periódicas de Beatriz, literatura e casamento degenerados em fórmulas de sucesso.

E agora (seria do fervilhar das batatas fritas, Argentina adorava as batatas fritas da Aurora, invariavelmente *no ponto da fritura*) era tomado de assalto por aquelas lembranças vivas, nunca convenientemente cicatrizadas, apesar do amor que devotava a Beatriz. Tinha forçosamente de telefonar a Argentina, há quase um ano que não se viam.

César largou o computador, ao fim de meia-hora de frustres tentativas para retomar o fio da narrativa e sobretudo o ritmo que lhe condizia, e sentou-se no cadeirão. Pediu um martini a Aurora e dispôs-se a ler mais um capítulo de *O Código Da Vinci*.

Era impressão sua ou o furinho que trespassava as páginas tinha alargado? Já ocupava quase uma sílaba inteira, deparou com um ó que lembrava um donuts. Revirou o livro, folheou-o, o bicho-de-prata[52] banqueteara-se alarvemente, o orifício de que se recordava tinha metade do diâmetro e agora começava logo no início do livro, só escapava a folha de rosto. Por onde andaria o maldito bicho, nunca andam sozinhos, urgia mandar desinfestar a casa ou ficaria com a livralhada marcada pelo rasto de Deus ausente, gracejou. Arrepiou-se ao imaginar a sua edição Quarto, em papel bíblia, de Mallarmé, perfurada pela gana do vazio.

Voltou à secretária, abriu a net, na mira de fazer uma pesquisa no Google. Leu: Entre as mais de 950 mil espécies de insetos que existem, pelo menos 70 vivem nos arquivos, bibliotecas e museus, alimentando-se de papel, cola, pergaminho, cabedal ou tecido e madeira das encadernações. É grande a ameaça que estes insetos – os bibliófagos – representam para os livros, manuscritos, fotografias e mapas para quem os arquivos são um armazém de celulose, amido e proteínas – os seus alimentos preferidos.

Galerias sinuosas, pequenos orifícios circulares, largas cavidades, presença de ovos ou larvas e pequenos montes de serrim, excrementos ou matérias orgânicas segregadas são os principais indícios da presença destes insetos. Mas o uso de produtos químicos para os combater em espaços fechados, como arquivos e bibliotecas, deve ser evitado, porquanto os inseticidas libertam substâncias tóxicas nocivas para a documentação. Selecionou e sublinhou: O congelamento controlado e a remoção do oxigênio, normalmente substituído por nitrogênio, fazem parte dos

[52] Traça dos livros. (N. do E.)

métodos de desinfestação mais promissores e que mais recentemente se difundiram.

Foi juntando, num arquivo Word, informação vária sobre os insetos bibliófagos e, mais especificamente, sobre a morfologia e características básicas do peixe-de-prata:

- Comprimento de 12 mm. Em forma de torpedo, com 3 longas cerdas no fim do abdômen.

- Sem asas, com antenas longas.

- Peixinho-de-prata – com coloração cinzento-prateado.

- Traças dos livros – a cor varia, apresentando manchas castanhas a castanho claro.

Ciclo de vida

- Os ovos são depositados em fendas.

- Os adultos vivem 1-3 anos.

Hábitos

- Correm rapidamente.

- O peixinho-de-prata prefere condições úmidas e quentes.

- As traças dos livros preferem condições de calor.

▪ Alimentam-se de restos de comida, gomas e resinas e estão ativos durante a noite.

▪ São pragas menores em cozinhas, contudo de significativa importância em bibliotecas, instalações comerciais etc.

Depois, num impulso, acabou por apagar o arquivo.

3

Raul tenta em vão puxar pelo sono mas o desconforto do corpo – a boca azeda, a moinha da cabeça – não o deixa. Ressaca.

Ouve o sacana do miúdo levantar-se, o que àquela hora, domingo, no seu estado, equivale a ser submetido a um escalpe. O puxador da porta rodou, anunciando a sua entrada de rompante. Preparou-se para o pior. Mas a porta abre-se suavemente e Artur, a explodir de comoção, agarra-se a três balões cheios:

– Papi, encheste-me os balões à noite...

Nessa tarde, Artur receberia os seus amigos da creche, para a sua festa de anos, e Raul comprara um saco de balões, onde ainda não aplicara o seu sopro halitado em Bannister, 12 anos.

Raul levanta-se de um pulo. Dirige-se à sala e o que vê empalidece-o: trinta balões esvoaçantes que Artur pontapeia, delirante.

Raul deitara-se à uma, liquidada a garrafa de uísque, com os balões vazios e derramados sobre a mesa da sala, aguardando pelo seu fôlego. Decidira-se por ir chonar e só se entregar à prova olímpica de manhã.

Examina a fechadura da porta do apartamento. Estava incólume. O serviço fora feito por profissionais. Entraram, passearam-se pela casa, e num humor macabro entretiveram-se a encher os balões. Estava tudo dito. Era um aviso.

4

O *nino* César não sai do escritório nem ao domingo, admirou-se Aurora, não se lembrava dele se aplicar tanto em coisa alguma. Escrever, pelos vistos, não dava descanso. Quando acabar o programa, faço-lhe uns pastelinhos de nata para o cafezinho da noite, prometeu.

Nas tardes de domingo, Aurora não perdia um

programa de televisão brasileiro, *Tudo é Possível.* Apesar de muitas diferenças, bem, e a patroa Rita fora considerada no seu tempo uma das mulheres mais bonitas do mundo, a rapariga que o apresentava fazia-lhe lembrar a diva, só podia ser do sorriso, no mais a estrela de cinema levava grande vantagem. O que mais a puxava para o programa era o momento de ilusionismo. Ficou sempre com o gostinho pela prestidigitação depois das divertidas tardes com o príncipe e a atriz, nos quais a senhora metia o patrão dentro de uma caixa que depois serrava ao meio, separando-o em duas partes. O patrão fora sempre um bocadinho renitente a fazer o número, o que exigia pedidos insistentes de Rita, mas esta acabava sempre por levar a sua avante, embora se visse que naqueles apertos Aly Khan não descontraía como ela gostaria.

Um dia a madame contou-lhe que fazia o mesmo com o seu ex-marido, aquele com cara de bebê depravado que contracenou com ela em *A Dama de Xangai*, e que atuavam para uma plateia de soldados, durante a II Guerra; só que naquelas atuações era ela quem era serrada ao meio.

Aurora compreendeu então a relutância do Príncipe Ali em relação ao seu papel, que ele afinal fazia o papel dela com o outro, e intuiu pela primeira vez que, afinal, talvez eles não fossem tão felizes como aparentavam.

5

Degustada uma belíssima Tarte Folhada de Presunto e Espargos regada com Esporão e uma Delícia de Abacaxi, seguida de digestivo, César refestelou-se no seu cadeirão e adormeceu. Uma sesta breve, não mais de meia-hora.

Despertou, a reboque de uma pálpebra, outra; o corpo encapsulado, inerte, desprovido de energia.

O telefone tocou. Na casa de jantar. Foi Aurora quem lhe trouxe o aparelho. Era Filipa, a sua irmã:

– Estou furiosa.

– Por quê?

– O Niathitima quer levar a Aurora a um congresso que terá lugar na próxima semana, em Pretória. Ele tirou alguma fotografia à mão da Aurora, quando lá foram?

– Tirou.

– Pois... a coitada vai ser o fenômeno de feira da semana que aí vem. Manda-a para cima.

– Tens a certeza?

– Tenho.

– Não acho mal, por muito que me custe. Ainda nem ensinou a Cesaltina a fazer uma mousse de maracujá, mas acho bem. E os exames aos diabetes? O homograma só está pronto amanhã.

– Levanta-o mas marca logo a passagem. Quero-o cá em cima antes que o circo comece. Não gostei nada da excitação dele. Se a quiserem ver, ou examinar, que venham cá. Ao menos ela está no seu território...

– Ok, mana...

Definitivamente, não lhe afluía a energia capaz de calar o zumbido de uma página em branco. Um bloqueio físico entrevava-o da cintura para cima (estaria a chocar uma gripe?) e, por experiência, sabia que a sua mente ficava viscosa ao mínimo incômodo do corpo. Nada lhe saía bem quando as letras lhe jorravam como pestanas mortas.

Decidiu começar a reler o volumoso tomo da tradução das *Flores do Mal*, pelo brasileiro Ivan Junqueira. O Instituto Franco-Moçambicano de Maputo propusera-lhe a tradução de alguns dos *Poemas em Prosa* de Baudelaire para a edição de uma plaquete e o aparato crítico do volume podia conter informações que lhe fossem úteis.

Bebeu outro digestivo e Aurora impôs-lhe um Queque Mulato, "acabadinho de sair do forno".

E na página dezessete deu um salto. Imprimia-se aí, preto no branco, anexada ao ano de 1842, a seguinte informação: "Na Primavera desse ano apaixona-se por *Jeanne Lemmer*, dita Jeanne Prosper, dita afinal Jeanne Duval, mulata bem apessoada que o poeta conheceu em companhia de Félix Tournachon, dito Nadar, durante uma récita no Théâtre du Panthéon".

6

O dia declinava, tingindo de lilás as pás da castanheira da índia. O Abdul, já meio alegrete, insistia:

– O corpo é o nosso hospedeiro.

– Desculpem – replica Argentina, só por desenfado – mas acho o contrário. O corpo é o nosso parasita, um organismo especializado em auto-reproduzir-se à nossa custa...

– Litos, tu arranjaste uma mulher que é sempre do contra?

– A Argentina que se explique... – descartou-se Litos, lavando as mãos.

– Vá, não se zanguem... provem é estas baggias que trouxe de Magude... – atenuava a Caiola.

– Para mim, têm coentros a mais... – rabujou Argentina.

– Hoje ouvi uma história porreirinha que a Argentina vai gramar – tornou o Abdul – uma cena com aroma a policial...

– Ó pá, não compliques... – pediu o Litos.

– Acalma lá os cavalos... O tipo subia de táxi a 24 de Julho e viu a mulher, sair com outro da pensão. Pediu ao taxista para parar e topou o comportamento dos dois, sem ser notado. Engoliu o sapo, e decidiu não dizer-lhe nada. Fazia a sua vida normal e de cada vez que metia o coiso na xaxa da patroa, na manhã seguinte, antes de ir para o job, deixava-lhe vinte e cinco dólares em cima da mesa-de-cabeceira, como se ela fosse uma prostituta. Ao fim de umas semanas a mulher começou a emagrecer. E ele acabou preso por desvio de divisas no banco, o gajo era caixa. A mulher acabou por falecer, de mau-olhado dizem as amigas. Que me diz a Argentina deste caso?

– É sempre pasmoso, o caso de três piolhos na calva do mistério...

– Arre, esta mulher é de raça!?

Argentina deu um gole no gin. Chegava a hora da retirada. O seu corpo sentia:

– Ainda bem que falas disso, eu gosto muito de vocês, mas está na hora do ir, que amanhã tenho reunião às 8h...

– Argentina, ainda é cedo... – pede Litos.

Retorque Argentina:

– Disciplina. E vê a hora? Da Matola para diante já há gincana... É o que dá os fins de semana dos PCAs nas casas de campo...

– Bom, a dama é que sabe ... – assentiu Litos, acrescentando com malícia – mas a menina hoje deu-lhe bem...

– Normalmente só bebo café. Mas preferias que não te acompanhasse?

A resposta reforçou a ironia:

– Não... Talvez... mulher não deva beber tanto.

– Tens razão, descola-lhe o útero... – desferiu Argentina, seca.

Litos dobra-se a rir:

– Ah, adoro o humor desta mulher.

Argentina não se perdoa estar naquela situação. Litos

estende ligeiramente a coxa, encaixando-a entre as suas pernas, e ajeita por cima a sua perna esquerda, pelo exterior da sua coxa direita. E exterior a todo este espetáculo, ou no cerne dele, Argentina olha, raso ao seu ventre, o pênis de Litos com o sentimento de ter colocado a si mesma uma armadilha da qual não descortina o meio de escapar-se.

Era a segunda vez que lhe acontecia, nos últimos três anos, acabar por aceder a ir para a cama com um homem por achar que ele tinha tudo para se fazer amado e, a meio do ato, a sua carne amarrada à dele, sentir que a sua mente a ejetava para outras órbitas, alheando-a totalmente do ato. É que não chega haver boas razões para amar. Ainda por cima sente-se tão culpada que até o seu humor se chamusca e a língua se trava à chuva de beijos.

Litos penetra-a e entrança-lhe o corpo nos braços e Argentina ouve a bola de *basquete* no piso de cimento do campo de treinos, nas traseiras da casa. Argentina agarra-se ao sincopado ritmo da corrida dos miúdos, aos seus gritos, ao sorvo de ar na trajetória da bola, ao repique da bola, saltitante, suspensivo, no arco do cesto. Argentina procura adivinhar o posicionamento dos jogadores, a sua evolução no campo, a natureza das faltas, o jogo das mãos no despique do esférico, enquanto Litos a embucha poro a poro, nem reparando que ela está meio seca, tão seca como o baque da bola quando rebenta.

O QUE NOS DISTINGUE DAS BORBOLETAS

1

O pai de Aurora, na cantina, mantinha o televisor aceso sobre o balcão. Aquela chuva de grãos, que ao fim de algum tempo se tornava incômoda, mesmo sem som. Mas, conseguir dizer-lhe alguma coisa! Ele casquinava veemente, *'estou de esperanças!'*, e emborcava um cálice de amêndoa amarga. Antes não o contradizer.

E como fazia demorar um gole de amêndoa amarga na boca, represando-o na língua, passando-o de uma bochecha para outra, vagarosamente, antes de o engolir gota a gota! Dizia que não se importava de estar ali, atirado para o mato, mas que o matava a espera. A espera de um cliente, a espera de que dois dedos de conversa volvessem três, a espera de novidades, a espera de que a filha *lhe irrigasse* um neto (era assim que ele dizia), ou de que se erguessem os prometidos transmissores de emissão na Beira. A espera.

De vez em quando, para aborrecer a mãe, bebia a amêndoa amarga de um trago, e, depois de tornar a encher o cálice sob o olhar furibundo dela, metia a mão num cartucho e tirava uma castanha de caju, que oferecia ao televisor, como se o aparelho fosse um bicho. Só para a atiçar. Aurora sorriu, a relação da sua mãe com o pai fazia-lhe lembrar um provérbio tsonga[53] "Va bile xihlahla, a va banga mpfundla": Bateram capim, não bateram o coelho.

O que lhe vinha à cabeça vendo o menino pedir uísque sobre uísque. Ainda por cima à noite, como é que havia de dormir a seguir? Já lhe dera um queque[54] e dois bolinhos de bacalhau, mas não era lastro para tanto álcool. E a senhora Beatriz que nunca mais chega de Lisboa!

2

"Ao sair da cidade, vi dois grilos
a discutirem em língua de grilo.
Como ao almoço um chorão,
dizia o primeiro tocando violino.
Como ao almoço um grande burro morto,
dizia o segundo, tocando violino.
Um galo que passava por ali, palrando,
viu os dois grilos sempre a discutir.
Comeu o primeiro, comeu o segundo.
Agora continuam a discutir no seu estômago."

[53] Uma das etnias de Moçambique. (N. do E.)

[54] Um bolinho feito com farinha e leite e com forma de estrela, muito comum em Portugal e antigas colônias africanas. (N. do E.)

Beatriz mal conseguiu soletrar o último verso da canção infantil chinesa. O tronco explodiu-lhe numa gargalhada, que não parou e foi contaminando os músculos, a carne, o espírito; depois, um soluço antecipou o choro. As mãos petrificavam-se sobre o caderno, aberto ao recorte líquido da sua tristeza.

Tinha de se decidir. Não podia continuar naquele impasse, que lhe dava cabo dos nervos. Não há desforra para o amor que nos desentranha e tirita ao frio. Para mais nos trópicos, onde tudo a começava a incomodar.

Vem-lhe à cabeça a mão gorda e esfacelada de Jô Bica "Lagostim", e aquele horrível fim de semana no Bilene[55], com um marginal que divertia César e a quem levaram a passear porque César lhe queria ouvir as estórias sórdidas e sangrentas (– era um sinal, nos últimos tempos as lembranças das coisas más sobrepunham-se às boas). A coisa correu mal desde o início, o Bica apareceu com a mulher e dois filhos, sem que isso tivesse sido previamente combinado, mostrando a sua índole parasita. O César nem sabia que o Bica tinha família mas aceitou tudo sem pestanejar, mudaram-se as bagagens para o Nissan, de cabina dupla. Paragem para uma bebida fresca na Manhiça, o Bica *esquece* a carteira no carro e quem pagou os maços de tabaco para ele, a mulher e os filhos foi o César.

O Bica tratava publicamente a mulher por "a minha pêga", pois, justificava-se, na prisão aprendera que não se pode confiar em nenhuma mulher. Ela concordava. Em privado, num gesto de carinho, chamava-lhe "minha putinha". Putinha, fazes-me uma sandes de fiambre? César ouvia tudo sem um juízo, como se ele estivesse a polvilhá-

---

[55] Lagoa a 250 km de Maputo. (N. do E.)

la de orvalho. Beatriz pensara que também conseguiria, que tudo não passaria de um jogo de fim-de-semana, mas ao fim de três horas estava de cabelos em pé e passou todo o fim-de-semana eriçada. César, pelo contrário, ria com gosto das gabarolices de Bica, dos seus golpes-baixos, traições, manhas e estratagemas, relatadas, dizia o energúmeno, como "um livro aberto". Há livros que são para fechar, pensava Bia, diminutivo que Bica impusera desde o primeiro instante.

Beatriz havia oferecido a César um relógio de última geração, um Phenon com câmara de vídeo incorporada e slot para cartão microSD, que César não se coibira de levar e se manteve no seu pulso até sábado à noite. Domingo acordou sem ele. A discussão pôs-se feia, em torno do relógio, e Bica, para provar a sua idoneidade, reclamando que sabia quem o tinha "bifado", chamou o filho, um latagão de quinze anos e olheiras fundas, e à frente deles espancou-o, exigindo a reposição do roubo. Partiu-lhe um dente, rebentou-lhe com a arcada do olho esquerdo, mas o relógio não apareceu, estava inocente, murmurava entre socos o miúdo. Foi inútil tentarem interpor-se e pelo meio foi arrancado do teto o candeeiro da sala. O miúdo fez toda a viagem semi-comatoso enquanto o silêncio no carro enfiava um saca-rolhas nos tímpanos.

Bicas e família ficaram no bairro do Zimpeto[56] e, assim que saíram, Beatriz interpelou César:

– Claro que percebeste que quem roubou o relógio foi o pai... o que torna tudo ainda mais monstruoso...

– Caga nisso... – respondeu César. – Deu-me um capítulo do livro.

– Deu-te um capítulo? Não sei se te lembras que eu te

[56] Favela periférica de Maputo. (N. do E.)

tinha dado o relógio pelo Natal...

– É um relógio, merda, não passa de um relógio! – atenuou César.

– Para mim não... e já agora explica-me, deixaste que ele ficasse com ele em troca do capítulo ou por cobardia? É que eu preciso de saber... Se ele me violasse, tu encararias isso como mais um capítulo ou tomavas a coisa a peito?

O silêncio de César magoara-a muito.

3

Cesaltina, boquiaberta, fez sinal a Aurora que, logo que teve um vislumbre do que se passava no ecrã, correu a chamar César.

Em Ressano Garcia, na fronteira com a África do Sul, o repórter entrevistava um homem chegado num caminhão de carroceria aberta, com a leva de refugiados dos tumultos xenófobos na África do Sul[57], um homem vestido de marinheiro, com galões de oficial, e sem mais características dignas de nota, além do cabelo extremamente louro e fino,

[57] Em 2008, durante dois meses, as fronteiras dos países limítrofes da África do Sul foram abaladas pelas revoadas de emigrantes que foram vítimas de atos de violência e linchamentos nas periferias das grandes cidades da potência africana. De comum, a África do Sul acolhe trabalhadores de todos os países em volta, mas uma crise social que se alastrou e não foi debelada levou ao desespero xenófobo dos seus pobres. (N. do E.)

que apertava de têmpora a têmpora a abóbada calva do crânio, e da barba ruiva, flamejante, em contraste com aquele magote de negros combalidos e embrutecidos pela tristeza.

– Não me digam que também havia brancos nas minas... – suspirava, espantada, a Cesaltina.

– Estranho é o traje, parece saído de uma taberna de marinheiros dinamarqueses... – acrescentou César.

Debalde interrogava o repórter uma figura tão extemporânea, que, segundo o passaporte moçambicano em seu poder, se chamava Macwhirr. O marinheiro praticamente não arranhou os tímpanos do jornalista com o seu sotaque eslavo, pois a sua fluência desmanchava-se, à vista desarmada, em lapsos amnésicos. Fato que levou o jornalista a especular sobre as agressões de que o mesmo teria sido alvo nos bairros limítrofes de Joanesburgo, onde a situação dos estrangeiros se mantinha crítica e permeável à violência dos descendentes de Shaka[58]. Enquanto o repórter se deliciava com as óbvias digressões do seu raciocínio, via-se nas suas costas o marinheiro ruivo esgueirar-se para o anonimato do campo de refugiados.

– Vou à varanda tirar a roupa da corda, está a ficar uma ventania danada... – anunciou Aurora, que atalhava os comentários escusados com um incomparável pragmatismo. O que está feito está feito, podia ser o seu lema.

– O patrão vem almoçar? – perguntou a Cesaltina.

– Não, hoje almoço fora... – gritou para a cozinha. – Aurora, vou almoçar com a Argentina, queres que lhe mande um beijinho?

---

[58] Rei zulu do século XIX. Grande estratega militar, várias vezes rechaçou o poderoso exército britânico; mas era de uma impiedade e de uma crueldade para os seus também histórica. (N. do E.)

4

Argentina não se conteve e cortou célere na denunciada malícia de César:

– Mas tu, de dois em dois anos voltas à baila!?

– Que custava sermos amigos?

– Às vezes és muito promíscuo. É o pior que há em ti... nós somos amigos, César, não somos amantes.

– Já fomos... e depois de mim houve mais que turismo?

– Tenho que ouvir isto? Trazes-me a 30 km de Maputo para me insultar?

– Desculpa. É uma pergunta de retórica.

– Nem é assunto que te diga respeito! Olha César, quando tu me vens com estas merdas lembro-me sempre que não é a água que apodrece a madeira mas o ar, quando não estou contigo nem me lembro...

– Foi assim tão mau o que passamos?

– A nossa história em comum pode ter sido bonita, mas é história, passado. Quando casaste, escolheste.

– Argentina, não foi assim, tu é que voltaste para Moçambique e depois resolveste ir para o Zimbabué fazer o mestrado...

– E tu continuaste em Portugal...

– Eu sou português. E fui golpeado quase até à morte...

– Que trágico! E eu, que não sou zimbabueana, vim-me a rir?

– Ora, aí está uma coisa de que eu tenho saudades...

– Vai-te lixar... Acho que quando chegar a Beatriz vou ter com ela uma conversa.

– Deixa-te estar quieta!

– Oh pá, é que é sempre a mesma coisa quando ela não está! De dois em dois anos xingas-me a cabeça... Estás casado há seis anos, faz as contas!

– Não te sentes lisonjeada?

– Não. Só me dá tristeza. Por ti, por nós, até pela tua mulher...

– Vi-te crescer, ao meu lado...

– E isso exige respeito, e não propostas sacanas...

César bebe um gole de vinho, passa a mão nos olhos e anui, vencido:

– Ok, esquece... Tens razão... Entre nós, não precisamos desta merda...

– Exatamente.

– Deu-me uma saudade. Desculpa.

– Mas o que é que se passa contigo? Isto acontecia-te sempre que andas em crise. Queres fugir aos problemas com *uma rapidinha*. Já comigo era assim, até foste com a miúda do guarda-roupa do Ritz Club... Não cresces, não há modo de amadureceres?

– A rapariga do Ritz Club. Não tínhamos esta conversa há anos!

– O que é que se passa? Não volto a perguntar.

– Deitei o romance para o lixo, seis meses de trabalho.

– Olha, fizeste bem. Publicas demais!

– Já vi que o melhor é pedir a conta! Mudemos de conversa. Sabes quem é que está lá em casa?

– Diz, sempre ajuda...

– A Aurora...

– Oh pá, e nem me convidas para uma sobremesa? Tenho de lá ir dar-lhe um beijinho.

– Só se jurares que não estás chateada comigo!

– Vou lá por causa dela, não é por tua causa. E pede lá a conta, que já me estragaste a tarde.

5

O jogo da fava-rica[59]. Com besouros e abelhas que o *nino* capturava num copo, antes de os entontecer com spray. Pegava-lhes então pelas asas e ia nas suas costas afundá-los

[59] Ritual associado ao bolo-rei português, um bolo de natal, que tinha escondido na sua massa uma fava e um brinde (a sua "fava rica"). A quem calhava o brinde, anúncio de que estaria para casar, calhava também como obrigação comprar o bolo do Natal seguinte. O bolo é de confecção simples, contrastando com o simbolismo que carrega: reza a lenda que este doce representa os presentes oferecidos pelos Reis Magos ao Menino Jesus, quando do seu nascimento. Em homenagem a Aurora, aí vai um cheirinho da sua confecção: depois da massa batida e repousada, juntam-se as frutas cristalizadas, os pinhões, as amêndoas palitadas e as passas de uva. A mistura, após levedar, é cortada de acordo com o peso pretendido, e é então que a forma lhe é dada por mãos ágeis, num movimento circular contínuo. No forno, coze cerca de 30 a 40 minutos. (N. do E.)

no creme do bolo, no pudim.

Aurora limpa o pó à pedra de âmbar com uma borboleta mumificada no interior e recorda-se do diabrete que o *nino* César era. E do lanho que ficou na testa do patrão Antunes quando a senhora descobrindo que ele tinha uma amásia 'mais preta que um tição' lhe atirou com aquela pedra à cabeça. Aurora não vira, só vira a cicatriz na testa do patrão Antunes quando ele subira à Ilha para explicar à filha que se ia separar da mãezinha. Menos de três meses antes de se afogar na Ponta do Ouro. Tanto que a vida tinha mudado sem a borboleta se dar conta.

Na salinha de estar, um saxofone e uma timbila anunciam o telejornal. Aurora resolve ir espreitar as notícias. Na Ilha passam-se semanas, sem que dê por isso, mas desde que está em Maputo não desgosta estar a par do corrupio do mundo. É o que nos distingue das borboletas.

6

– É improvável que Gelosima alguma vez tenha ido ao cinema, tal o seu grau de miséria. E no entanto interiorizou o mimo, a generosa gramática gestual de Charlot. É um Charlot sem safadezas nem cálculos, que só incorporou o lirismo, e por isso destituído de armas para a sobrevivência. Neste sentido, *A Estrada* é um dos primeiros filmes pós-modernos (e é tão nitidamente consciente o artifício em Fellini que, para evocar o sortilégio do cinema, Zampano, nas suas atuações, anuncia que rebenta as correntes no peito "com a força do nervo óptico"), dado que as suas personagens já não são extraídas da "realidade" mas despontam como um efeito da memória do cinema e uma homenagem a um dos gênios do mudo, o Charles Chaplin. Podemos até pôr a hipótese de *A Estrada* ser o último dos filmes mudos, o filme que seria improvável fazer trinta e muitos anos depois do mudo... – Bernardo saboreia as palavras, quer ser absolutamente persuasivo e convencer Beatriz a ir com ele à Cinemateca nessa tarde, onde vai passar *La Strada*, de Fellini; e ela parece-lhe refletir no que ele diz, o que o anima:

– A fita é um modelo de concisão, poesia e velocidade. Quem o vê várias vezes apercebe-se da forma veloz como Gelsomina é exposta às experiências, como se fosse um lanho batido por vagas alterosas. Em meia hora acolhe a notícia da morte da irmã, é vendida, torna-se artista de circo, é desflorada, conhece a traição e o sentimento de ser rejeitada, aprende a obedecer como um cão, conhece cinco ou seis povoações, planta tomates e parte sem os ver crescer... Há uma velocidade estonteante neste filme só comparável à velocidade com que Orson Welles faz evoluir a narrativa em *Citzien Kane*, mas, o que é espantoso, sem fazer uso do corte, de uma montagem visível, dando até a impressão que o tempo está suspenso, como a radiação dos corpos...

Bernardo gosta que Beatriz o inspire a pensar em voz

alta, e lhe provoque; espera uma reação de Beatriz, mas, como não surge no tempo certo, recrimina desapontado:

– Mas tu não me estás a ouvir...

– Desculpa. Nota-se assim, tanto? Foste brilhante, como sempre. E ia-te escutando mas tenho de fato uma pedra no sapato... Encontrei o Xavier, o editor do César. Vão romper o contrato com ele. Não vende. Sei que ele vai encarar a coisa como uma derrota... Ainda por cima não me sinto em condições para o animar... Estou baralhada... Triste e... baralhada.

– Compreendo, Beatriz. É difícil gerir tanta coisa à distância. E pior ainda quando isso implica um sentimento que cava uma distância de nós para nós mesmos... – Bernardo colocou carinhosamente a mão sobre a mão de Beatriz, que a esse contacto inesperado deixa de o ouvir e se desdobra em inquirições íntimas.

É a primeira vez que Bernardo ousa um gesto assim. Não sabe como reagir ao acalento daquela palma sobre a sua mão, se tal indicia apenas um carinho ou uma mudança de natureza na relação entre ambos. Como traduzir o prazer que lhe dá aquela pele na pele, sem antes a ter desejado conscientemente ou a ter procurado? Incomoda-a, a enxurrada de sensações e de dilemas provocado por um simples gesto de amizade. Será? Sente-se a trair César, sem ter dado sequer conta da escalada das coisas, de que o interesse de Bernardo tivesse outras intenções. Ou é o seu interesse por ele, a atração inegável que a mão dele em concha sobre a sua despertou, que lhe atribui um desejo que afinal é seu? Precisa de repensar tudo ou de se decidir, que saudades das longas tardes com a Argentina na estufa a conversarem sobre tudo, o mundo reduzido àquele microclima, é do que sente mais saudades em Maputo, com César já hesita em saber o que pensa, o que sente...

Retira a sua mão sob a de Bernardo, delicadamente. Este cala-se. Bebem e silêncio o chá. Depois Bernardo retoma:

– Só te fazia bem espairecer, irmos ao cinema. Zampano e Gelsomina são dois monólitos, duas criaturas que nunca alteram o talhe da origem com que foram afeiçoados. Imunes à reflexão sobre a experiência. Andam ao deus-dará, tal qual foram postos no mundo, ele grunhindo sem abertura para o diálogo, ela com a fragilidade do palhaço a quem ninguém dá atenção. É espantoso o modo autista como ele dá as suas únicas referências biográficas. Ela pergunta: "Onde é que nasceste?", ele: "Na minha terra."; ela insiste: "Sim, mas onde?", e ele, lapidar: "Em casa do meu pai". A vida secou-lhe passado e presente, só tem reflexo, sobretudo o que se refrata no torpor alcoólico. Pelo meio, há um funâmbulo, o Doido, que morre ao enfrentar em terra as fúrias de Zampano e a fuga deste, deixando a Gelsomina um capote, a corneta e algum dinheiro. Ela é que não deixa de cantar, da nascença ao canto do cisne... Um filme que é um verdadeiro poema... Só te fazia bem. As coisas belas transformam aquilo que em nós está ainda informe...

7

A tarde arroxeava sobre a baía. César estacionou o carro no parking do Miramar e entrou na cervejaria, sedento. Olhar as águas e afogar em cevada os disparates do dia, parecia-lhe o mais adequado ao declinar da tarde. Ao fundo, Raul cofiava a mosca, absorto. Nem o viu chegar.

– Raul, estás aqui?

Raul levou um tempo a reagir, surpreso.

– Oi, nem te vi...

– Há muito que não te apanhava com esse teu velho tique de repuxares a mosca. Não me digas que há merda... a tal senhora que conheceste, e te ia virar a página?

– Nem sei se te conte.

– Estás a brincar, depois desse gancho?

– Bom, sabes que no meu prédio, por vezes alguém se esquece de fechar uma torneira à noite...

– Vivi lá seis meses...

– Eu abri as torneiras...

– Não posso!

– Era por uma boa causa.

– E...

– A senhora não tinha humor. Apresentei-lhe as minhas desculpas de balde e esfregona...

– Só te faltava as botas de borracha.

– Precisamente. Foi o que me perdeu. Pu-las, como

um detalhe de humor... Para ela foi a prova em como eu não estava inocente, que fora deliberado... indícios, ela lida com indícios...

– Smart... e, depois.

– Vais-te rir! Fez queixa à polícia.

– À polícia? É hilariante!

– E exige que lhe compre um tapete de Arraiolos, que aquele foi-lhe oferecido pela família do defunto, etc., etc. Lixei-me.

– Aprendeste alguma coisa com isto?

– Aprendi. Estás a ver aquele adágio: Gomo de laranja sabe tão bem como uma laranja inteira? Pois agora tenho um comentário ao adágio: o caralho!... Não te rias! Já que vieste, alinhas comigo numas amêijoas?[60]

– Estou aqui para isso.

Raul pede o marisco e as cervejas. César volta à carga:

– Então Sherlock Holmes, diz lá!

– Donde é que vieste, pá?

– Hoje? Hoje passei a tarde com a Argentina?

– Um corvo nunca esquece a presa, é o que dizem os velhos na aldeia. Já tiveste com ela dez anos de glorioso concubinato, que procuras tu agora, casado com outra?

– Pois é, e mandou-me dar uma curva! Deixou-me lixado mas ela tem razão.

– Foram almoçar?

– Fomos a Marraquene, ao leitão. Viemos há bocado. Nem abri o rádio, vínhamos um bocado chateados e nem deu...

– Então não sabes de nada?

– Não. De nada do quê?

[60] Bivalves das rochas do mar, que se comem. (N. do E.)

– Por que é que achas que eu estou aqui?

– Vieste às amêijoas.

– Nã. Nã... Vim olhar para a baía e ver se percebia como é esta merda encapelou e em duas horas virou um tufão que afundou o ferry da Catembe...

– Afundou o ferry?

– Não é? Com cento e vinte pessoas dentro. Morreram setenta.

– Um tufão em Maputo?

– E como chegou foi-se... notas alguma coisa de especial, atmosférica?

Chegaram as amêijoas e os dois amigos atacaram o petisco num laconismo pontuado de soslaios e de breves considerações sobre o mar. De repente, César ficou branco como a cal mas engoliu as sílabas que ainda pudesse exprimir. Só podia ser uma coincidência. E manteve-se cinco minutos na opacidade mais defensiva, até que comentou:

– O mundo anda estranho, não? Achas que o clima explica tudo?

– Sei lá... Eu não acredito em bruxas...

– Sabem-te bem, estas amêijoas?

– Não, mas há muito que nada neste país me sabe bem. Olha, tenho um pedido a fazer-te...

– Diz, pela tua cara é grave.

– Tenho hesitado muito, mas não tenho ninguém, tu és mesmo a melhor solução.

– Não me assustes, desembucha!

– Estou aí a investigar outra merda, política... têm sido presos gajos importantes, aparentemente por causa da corrupção...

– Tenho visto. O PCA dos aeroportos, o PCA do Banco de Fomento...

– Mas se eles desviaram para o Partido, e não passaram de testas-de-ferro, porque é que o Partido agora os deixa cair? Ainda no outro dia o Presidente da Câmara de Maputo foi atropelado, dum modo que pareceu acidental, compreendes? Tem tudo a mesma origem, trata-se de abortar pela base uma facção com gajos de muito peso que querem fazer uma cisão no Partido e fazer um novo partido que instale uma oposição a sério...

– E até onde vai o peso dessa facção?

– O presidente contra o ex-presidente? É uma guerra civil, pela calada. Tenho provas, memorandos, um depoimento dum membro do Conselho do Estado que está enojado com o que se passa... documentos, preciso colocar isso lá fora. *Eles* já sabem e fizeram-me um aviso.

– Estes gajos matam, andas armado em D. Quixote?

– Ando como o conselheiro do estado, enojado... fui eu que fiz chegar as urnas ao Savana...

– Tu?

– Sim, não sei por quanto tempo aguento mais a lealdade dos meus homens, algum elo vai ceder... o que me assusta é o futuro do Artur...

– Que queres que eu faça?

– Tenho de ir fazer um serviço a Quelimane. Ou melhor, dois...

– Não me digas que vais falar com a Lhisa?

– Isso é dança que não deixou saudades, nem faço tenções de a ver. Não, está lá escondido o sacana que me falta prender daquele *meu* caso... – aponta com o dedo para trás das costas, aludindo à cicatriz. – Tinha desaparecido da Beira mas foi localizado em Quelimane.

– Não prenderam já o irmão?

– Há umas semanas. E pedi a um amigo da polícia de Joanesburgo que o apertasse. E ele chibou onde estava o outro... Só que o tipo escapuliu-se... a coisa durou enquanto pôde mas *agora está à minha espera*... Mas enfim, isto vai na boleia de um outro serviço que me deram, mais sério, lá em Quelimane, e que me cheira um bocadinho a esturro...

– Por quê? Toda a vida te deram o esturro, o trabalho de sapa...

– Desta vez, é mais que um trabalho de sapa, parece-me uma tramoia muito encardida, mas infelizmente não posso evadir-me... por isso, se me acontecer alguma coisa, alguém te irá dar a chave dum cacifo no aeroporto, onde tenho os documentos. E, sobretudo, leva-me o miúdo daqui para fora. Não quero que ele fique com a mãe, em Quelimane, isso seria condená-lo a uma vida medíocre...

– Raul, nunca quis filhos... O que me estás a pedir...

– Tu *deves-me isso*!

O sublinhado da sua afirmação, o seu olhar, não permitiam dúvidas, Raul *sabia* e estava a pedir-lhe contas. César enfrentou o olhar do amigo, engoliu em seco, e, depois dum silêncio calibrado em três goles, anuiu:

– Está descansado!

Ficou mais sentido com o que Raul achou para selar a conversa:

– Tu és muito velho nas patranhas mas és um bom gajo!

8

Argentina, da janela ampla da sua sala, no vigésimo andar, observa o lento remorder da sombra nas praias da Catembe[61], no outro lado da baía, a delida cinza das gaivotas. Curioso, o poente torna os flamingos invisíveis, pensa.

Argentina acabou por herdar a flat que fora a casa da amante de Antunes, legada pela mãe de César em testamento, por a considerar um exemplo de abnegação e persistência, ao contrário do filho que só lhe dera desgostos com a sua leviandade e a porcaria que inventava nos livros, como se todos os homens do mundo saíssem ao irrefletido do pai, que só soubera transmitir ao filho a perfídia de um continente malsão.

Argentina abriu a porta, chegada da faculdade, onde fora ver a pauta que confirmava a sua licenciatura, e ainda não tinha pousado as chaves no aparador quando a avó de César, de olhos marejados, passou-lhe a carta que grafava a derradeira vontade da sua filha, apagada poucos meses depois do falecimento do marido. A velha senhora fungou com discrição, olhou-a fixamente ('uma desgraça não ser mais clarinha, muito bonita e batalhadora, mas que bisnetos vão ser os meus!', inibia-se de dizer) e anunciou-lhe, vou respeitar a vontade da minha filha, não concordo, mas vou

---

[61] Praias da Catembe: a península que fica diante de Maputo, do outro lado da Baía de Maputo, e que é orlada de praias. (N. do E.)

respeitar, porque a menina é de fato aplicada e não tem culpa da sorte que Deus lhe deu, antes de se retirar indiferente a qualquer eventual resposta.

Argentina beberica o seu gim, colhendo fragmentos dispersos pela azinhaga da memória. As mãos de César, a sua exata temperatura nos seios, nas ancas. O escarcéu que ele fez na estação de Correios dos Restauradores porque o funcionário lhe recusou pagar um vale, trinta segundos depois da hora. O seu roncar, na plateia, quando estreou a sua peça de teatro, onde adormecera de medo. A sua obsessão pelos tornozelos das empregadas de café. A mão de César quando a esbofeteou à menção do seu sonho erótico com um colega da universidade, a zanga que se seguiu, semanas. Tanto que lhe devia, uma pena a vida ter a gratidão do arrumador de automóveis e separar-nos do que nos fez crescer, pensa.

Argentina arrependera-se sempre de ter feito um aborto, precipitadamente, de raiva, no dia imediato a descobrir que o César tinha uma escapadela com a rapariga do bengaleiro do Ritz Club. Nunca lhe dissera, um dos poucos segredos que não partilhou com ele. Talvez o impacto o tivesse mudado, o tivesse transformado mais cedo e lhe desse o pequeno sedimento que lhe faltava de respeito pelos outros.

Naquela altura o sucesso não lhe fizera bem; agora César parece-lhe mais indiferente aos efeitos do sucesso, mas convalesce ainda da constância que ela lhe dera durante tantos anos. Mas isso é um problema que ele terá de resolver com a Beatriz, conclui Argentina, dobrando a dose de gim.

9

César pisa a babugem no quebra-mar, golpeado pelo vento. Carrega na mão uma garrafa de coca-cola de pau-preto[62]. Comprou-a expressamente para a atirar ao mar. Prefere-a enterrada por toneladas de água que na bolsa estulta de um turista. Como achar normal que uma árvore que leva centenas de anos para crescer se converta em garrafas de refrigerantes, em cinzeiros? Primeiro desmembram-se os antepassados ramo a ramo[63], depois emudece-lhes a língua na cinza dos cinzeiros. Com a cumplicidade do africano, aviltado por séculos de pilhagem, de repúdio de si.

Chamam a esta macacada artesanato, então aí vai, pensa o braço de César que exulta com a extensão do lançamento.

[62] Uma árvore de tronco absolutamente preto e madeira muito valiosa, que leva centenas de anos a crescer. (N. do E.)

[63] Segundo a religião tradicional africana é através da árvore que se invocam os espíritos dos Antepassados, pelo que a árvore é um oráculo. (N. do E.)

TUDO TEM O SEU TEMPO

1

César pega nas mãos da sua velha ama e procura demovê-la:

– Aurora, tens a certeza de que queres ir naquele avião? Não preferes ir amanhã e levares já o hemograma? Eu posso ir ao balcão transferir o bilhete...

– Não menino, e já chamaram para o voo... – Aurora reage ao ar de desagrado de César – O *nino* César desculpe-me, mas eu não consigo estar mais um minuto nesta terra. Depois de ontem não consigo. Lá na Ilha, a gente só vê o que quer, e muitas vezes nem conseguimos sintonizar a televisão.

– Impressionou-te muito?

– Impressionou-me estar a ver as pessoas afogarem-se e não conseguir desviar os olhos da televisão. Já vi outras desgraças mas nunca me ocuparam assim. Ontem foram quatro horas seguidas, das 12 às 16 horas com as televisões a darem aquilo. Para que é que mostram aquelas coisas, assim, em direto... a gente ainda não teve tempo de se habituar à ideia! Cada vez que penso no menino que não agarrou a boia que a mãe lhe mandava... Está-me tudo gravado, até me doeu esta mão... – erguia a mão de sal, trêmula, escondida na sua luva.

– Podias ter desligado!

– Não conseguia. Não me perdoo por isso, mas não conseguia. Eu já não tenho idade para ser sacudida por tantas emoções. Vou muito abalada.

– Tenho pena... acabaste por não me contar a tua história com a Rita Hayworth...

– Quando o *nino* for visitar a menina.

César volta a insistir:

– Então sempre vais?

– Vou. Até me doem os olhos de estarem abertos. Não dormi toda a noite... Olhe, sabe que lhe digo, vou comprar um caderno e escrever-lhe a história com a minha patroa Rita porque assim vou ocupada...

– Então vamos lá, à tabacaria. Eu amanhã mando-te o exame.

– Isso. A Celestina vai fazer-lhe as iscas de bacalhau como gosta. Eu contei-lhe o meu segredo.

– Estás abalada, mas nem disso te esqueceste.

– Já lhe disse, hoje faço tudo para me esquecer, menino.

2

César quase esbarra com ele no vestíbulo do Tate Gallery mas receia enfrentá-lo, recua e opta por segui-lo a uma distância cautelosa que lhe permita a fuga, caso o lobo-do-mar vire para si o rancor que lhe embrutece a feição curtida pela espuma e o sal.

O museu abarrota mas ele parece invisível aos olhos dos demais visitantes do Museu e aos dos guardas, que não esboçam um sinal de apreensão à sua passagem. Intriga também a César a celeridade do seu passo, apesar de se deslocar sobre um coto.

Rapidamente César percebe que o trajeto ziguezagueante a que o força o esforço para não ser visto, o seu olhar sobressaltado, algo paranoico, é que levanta sobrolhos, desconfianças entre os guardas. Mas não há outro modo, não pode arriscar-se a ser surpreendido, ou a perdê-lo, de modo a poder agir antes do mal se consumar. O sabre que *ele* leva não deixa dúvidas sobre as suas intenções.

Um guarda aborda César, chama outro, e as perguntas insistentes deles travam-lhe a progressão. Em vão lhes explica que segue o Capitão Ahab, do *Moby Dick*, que este entrara no Museu com um sabre, mas eles não aparentavam ter lido o Melville e desconhecem o vigor indômito da personagem. Não crêem no *seu delírio*, como lhe chamam, e querem conduzi-lo ao Gabinete da Segurança.

Gritos vindos de uma galeria desatam o nó. Acaba por segui-los, inquieto, até às salas onde se expõem os quadros de Turner e os seus mares coalhados numa luz refratada. As telas de Turner tinham sido rasgadas de alto a baixo por mão invisível.

César acorda, ouvindo ainda o esgarçar de uma lâmina na tela. Queda-se imóvel, no escuro, a refletir no seu sonho. Tem medo dos sonhos em que nada se apresenta desordenado, receia que a sua acuidade e precisão resvalem para a realidade tornando-a, paradoxalmente, mais dúbia. Acende um cigarro para se acalmar. Fuma-o no escuro.

O toque do telefone fá-lo premir a pera do candeeiro. São duas da manhã. Atende.

– César, sou eu... – é Beatriz.

– Olá, que a sua voz seja bem vinda às terras do exílio. Há quatro dias que não tinha notícias suas.

– Sabes perfeitamente que estive num congresso em Milão, e ainda anteontem tentei ligar-te...

– A Aurora disse-me.

– Ela ainda mantém aquela mão de sal, como vocês dizem? Que história maluca!

– Maluca ou não, acontece. Até a querem levar a um congresso a Joanesburgo... Tudo o que é digno de menção, hoje, tem de passar por um congresso...

– Tolo...

– Como é que estás? Pergunta de marido... Para me telefonares a esta hora...

– Não sei se tenho boas notícias para ti.

– Mau, começa lá... já que tudo tem que ter um fim...

– Encontrei o Prata.

– O Xavier?

– Sim.

– Estão a pensar quebrar o contrato contigo...

– O quê?

– Foram comprados por uma Sociedade de Risco, e só vão ficar com autores que vendam acima de cinco mil livros. Tu há três livros que não passas de dois mil e quinhentos, andas pela metade...

– E o cobarde não me diz isso, fala com a minha mulher?

– Quis que eu amaciasse o terreno.

– Olha, e eu que tenho andado em crise porque rasguei o último romance que escrevi, e agora vejo que foi para onde devia estar: no lixo...

– ... não sabia!

César faz uma pausa, antes de queixar-se:

– Estás tão longe...

– ... isso é uma fase, há-de vir-te uma coisa muito melhor!

– Gostava de recomeçar, sim. Até já tenho a ideia mas *falta-me algo...*

– ....

– Não dizes nada? Quando é que vens?

– Não sei.

– Não sabes? Não eras para vir no fim do mês.

– Preciso de um tempo, para pensar...

– Precisas de um tempo para pensar?

– Sim.

– ... ao menos tens a decência de não dizeres que precisas de *um tempo para ti.*

ENGASGAR O VULCÃO

1

Aurora havia de assustar-se se visse a escalada de embriaguez em que o *nino* César embarcou na semana que se seguiu à sua partida. *Três dias para engasgar o vulcão...* , rumorejava ele a quem o interpelava, preocupado com a velocidade etílica a que os seus dias remavam, *preciso de três dias para engasgar o vulcão...* Nos poucos momentos que passava em casa, era cama ou casa de banho, para vomitar, ou para se pôr sob duche frio até a temperatura da água lhe afastar a golpes de formão o torpor alcoólico. Havia que pôr-se em condições mínimas para enfrentar um novo tornado no fundo verde do vasilhame.

Nesses dias de críptica dissipação desligou o telemóvel e enfiou-se nos meandros mais improváveis e lúgubres de Xipamine, mercado Vulcão, Xiquelene, Malanga; antros onde o consentimento do mundo era restrito e a piedade irrelevante; zonas onde a lucidez não raramente zune de medo.

Uma sexta de manhã acordou enroscado à sombra de

um canhoeiro[64], numa zona baldia de Matola Rio. Espoliado de dinheiro, relógio e sapatos (inclusive, a coroa com dois molares lhe tinham tirado da boca), com a língua empastada no sarro que anuncia os cogumelos, mas vivo. Apesar da ressaca, que latejava como um badalo nas têmporas, sentiu-se com estrela.

Lembrou-se de um amigo que trabalhava na câmara municipal da Matola, o qual se envergonhou muito pelo seu estado de evidente desleixo mas lhe emprestou dinheiro para voltar a Maputo.

Ficou mais de uma hora na banheira, num banho de imersão, e cochilou lá dentro até a boca lhe ficar abaixo da linha de água; despertando num vômito.

Cesaltina, que fora visitar a mãe ao Xai Xai[65], deixara-lhe uma mensagem de preocupação e um recado de Eduardo Tembe, o seu contacto na Migração. Telefonou-lhe: havia urgência em lá deixar um papel para o processo da renovação do seu DIRE, antes que a multa se tornasse vultosa. Meteu-se num táxi mas apanhou a repartição já encerrada; com o mesmo táxi inflectiu para a Baixa, rumo ao restaurante Serra da Estrela.

Apetecia-lhe uma refeição a sério, que lhe iludisse a tristeza.

---

[64] Uma das árvores sagradas da tradição africana. Tem um grande porte e com a sua seiva faz-se uma bebida alcoólica, muito apreciada nas festas que antecipam o outono. (N. do E.)

[65] Pequena cidade a 260 km de Maputo. (N. do E.)

2

São 15h30 e o restaurante está quase vazio.

Ao canto esquerdo, ao fundo, evidencia-se uma mulher mulata, bonita, armada de uma crina ondulante onde caberia o colchão do Nicolau Tolentino[66]. Fuma cigarrilhas pretas de boquilha e o ar adensa-se à sua volta como um halo. César sente-se imediatamente atraído, até pela leve tonalidade sépia da sua pele.

Ela chama-o e César não se faz de rogado. Aproxima-se. Ela, está ele ainda no passo, e como se o conhecesse desde sempre, eleva a sua voz cálida, magnética, e atira-lhe, à queima roupa, enquanto sacode do rosto a baforada (– até a fumar a sua bochecha desenha uma covinha igual à de Ava Gardner):

– Já viste a breve[67] que vem no Notícias? Leio-te: "Um exemplar da segunda edição portuguesa de Dom Quixote de La Mancha, de Cervantes, datada de 1605, é a peça de maior valor do leilão que a leiloeira Renascimento realizou recentemente em Lisboa. A leiloeira considera este exemplar de 'extrema raridade, não sendo conhecidos exemplares

[66] Poeta oitocentista português, muito satírico. É famoso o seu soneto onde conta a história de uma dama de penteado tão armado que guarda lá dentro o colchão em que dorme e pratica alguns pecados. (N. do E.)

[67] Como se designa em Portugal e Moçambique uma notícia curta, num jornal. (N. do E.)

nas bibliotecas portuguesas'. A sua base de licitação situa-se entre os 15 e os 20 mil euros." Vê, como as coisas estão pervertidas. Há mais de cinco anos que em mais de metade do mundo ninguém lê o Quixote... Por isso, ele voltou, está no Malawi...

– Quem é que voltou? – redargue César, atarantado.

– O D. Quixote.

– E que faz no Malawi?

Ela ordena, sem dar margem para qualquer recuo:

– Senta-te... – ele senta-se, ela serve-lhe um conhaque. – Já derrubou oito moinhos. Ou seja, estropiou seis secretários do Partido no poder e dois locutores de televisão. Tudo gente sem salvação, que não punha os olhos numa letra.

– Por acaso, soube de um estranho serial killer que assombra o Malawi.

– D. Quixote abre-lhes as barrigas e o Sancho enche-as de lagartos, antes de as coser.

– Por que me conta isso?

– As personagens e os escritores reconhecem-se, são como abelhas da mesma colmeia, ainda que de castas diferentes...

– Por que a mim?

– Estás *entre* – na vida, no amor, nos países. Está perpetuamente num hiato, entre o sucesso e o descalabro, a vida e a morte, por isso és admissível... como emissário.

– Não entendo, mas primeiro esclareça-me: o Macwhirr é o do *Tufão*, do Conrad?

– Sim.

– E por que não veio o Baudelaire, na sua vez?

– Porque ele era o amante e eu era o ser amado; a

personagem sou eu...

– Quantos virão?

– Todas. Todas as personagens da ficção e da poesia que se sentem enjeitadas, todas aquelas que não são lidas há mais de três anos vêm exigir tributo, retribuição... Todas, as portas do Céu abriram-se.

– Por quê?

– Viemos condimentar o Inferno. Sem um pouco de imaginação o Inferno fica um lugar inabitável; mesmo um cancro só começa a atuar quando *sonha* com um corpo hospitaleiro ... .

– Mas todas estas mortes, parece uma liquidação. Não é contraproducente?

– Estás enganado, só restituímos os seres aos seus devidos lugares. Dantes lia-se para se despertar da morte. Era um segundo nascimento. Agora iremos devolver à morte o que continua informe, no limbo.

– Não pode ser assim tão grave, não ler!

– É um escritor que mo diz? Vou-lhe explicar, meu caro: quando os homens desenvolvem estilos de sobrevivência na miséria crònica, sobrevém-lhe a necessidade de ajustar a visão de si próprio à visão de um mundo sem perspectivas. É assim do seu interesse diminuir o possível, o risco de ter uma alma. Em África fala-se imenso do combate à pobreza, ao Sida, dos direitos humanos, mas isto não passa do modo como se camufla o desapego essencial: o homem putrefaz o homem. O único antídoto estava no Símbolo, nessa metade de nós que só nos chega do exterior e que o intérprete consagra. Perdido o leitor perde-se a chave para o símbolo: a hospitalidade, a ideia grata de que só pelo outro, pela visita do mundo, existimos.

Fica o mundo em liquidação. Olhe, mais felizes os dias de 1870 quando monsieur Michaud, um horticultor belga, um belga repare você, ofereceu 2000 francos pelo pólen de uma flor. Para que essa espécime não desaparecesse. Não ler é como perder este pólen para sempre. Imagine agora que Deus tem um olho ocelado, como as moscas. A cada leitor perdido é um ocelo que se apaga... Não há como perdoar nesta guerra... Uma muito boa que o Charles me contava: um dos habitantes da cidade grega de Sybaris, em Itália, célebre pela languidez do seu povo, queixava-se uma manhã de que estava todo moído e não tinha conseguido dormir porque uma das pétalas de rosa que recheavam o seu colchão se havia dobrado... Em cada leitor perdido esvai-se a sensibilidade para cada uma das pétalas dobradas... Não há como perdoar nesta guerra.

– Bom, era uma pergunta de retórica. Mas começar por África, tão flagelada?

– Quem lhe disse que começou em África? Embora África esteja mais carente de ser restituída aos símbolos, porque aqui se dilapida a vida deliberadamente. E há mais de três anos que ninguém lê *Monsieur Teste*[68], abaixo do equador...

– É normal preferirem os autores africanos...

– Se lessem os seus! Mas esteja descansado, *O Bebedor de Vinho de Palma*[69] já degolou oitenta turcos e sete croatas, de há um mês a esta parte... Acho que depois vai para a

---

[68] O livro mais famoso de Paul Valéry, em torno das peripécias que acontecem a Monsieur Teste, uma personagem de um racionalismo elevado à potência. (N. do E.)

[69] Livro do nigeriano Amos Tutuola, talvez o que melhor reflete o imaginário bantu e as narrativas orais africanas. (N. do E.)

Casa Branca...

– Os africanos leem... na escola.

– Ler obrigado é a mesma coisa que não ler. Por isso até pode ser presidente da república que não passa de um rato.

– Um rato?

– Um rato é como nós chamamos aos novos escravos.

– Não entendo.

– O depredado pela imagem, que só tem uma memória retiniana.

– Devia bastar um leitor para uma cidade ser poupada... Eu leio, por gosto. E reli o *D. Quixote*, o ano passado.

– Tu és escritor e estás em extinção, não conta.

– Em extinção? Se são cada vez mais, qualquer gato pintado...

– Nem tudo conta, de teu só contamos com o primeiro livro. O resto há-de consumir-se em combustão espontânea.

– Quem determina? Agora há listas para o gosto?

– Não, o Espírito sopra onde quer.

– Vês. Sei lá se não me calha a sorte de Ramiro Fortunato?

– Tu sabes quem sou. Dois olhos negros, poros da tua alma. Sabes que irradiante, para o Charles, igual a mim, só havia os gatos de místico veludo. Ele não sabia. Pode, um poeta? Já era uma taça de tristeza. Só o deixei mais taciturno. O Espírito sopra onde quer, e claro que ninguém está a salvo de lhe ocorrer um momento em que escala em si o idiota que se julga intocável...

– Então, ninguém está a salvo...

– Só as personagens. Mas relaxa, se nos encontramos é

porque te foi reservada uma missão. És um emissário, o Absoluto não transige com o aleatório...

Jeanne, que começou por declinar falar da sua vida íntima com Baudelaire, acedeu afinal a revelar a César, com minúcia de pormenores, os ciúmes de que o poeta de *As Flores do Mal* foi acometido quando Gérard Nerval a levou a assistir a uma ópera de Offenbach; à medida que a mesa se ia nublando em baforadas, ostras, plumas de porco ibérico, goladas de Reserva de Esporão e de Balantine.

Quando o despertam, a cabeça entre os braços, César está sozinho. Pergunta pela senhora mulata, vistosa, que estava com ele, mas os empregados entreolham-se, evasivos. Pagou – uma fortuna que o fez praguejar – e pediu um táxi para casa, atordoado pelo garfo difuso que lhe torce as rosas no bordado da memória.

3

Nino César, escrevo-lhe esta carta com a mão tremente, não ligue da letra. Não sei por que, andar de avião nunca deu-me medo e se entra em nuvens dá-me para rir e quero pedir à hospedeira batedeira. As minhas mãos tremem do que vi ontem e do que nunca disse. O menino, desculpe, não sou escritora, pobre de mim, as poucachinchas palavras que conheço, vi-as dos romances que a maninha me empresta, um por de vez em quando que a cabeça não dá para mais. E a maninha é que me ensinou a ir ao dicionário. Gostei maningue daquele Com Água para Chocolate[70], *se calha por causa das receitas, mas a história de amor é tão bonita, o menino sabe como isso se faz.*

O meu amor em rapariga nunca calhou, foi mais de ciúme. O meu pai era branco, cantineiro[71]*, e a minha mãe macua*[72] *de olhos tristes, que repetia, xi, e repetia "nalophu yi dlayiwili hi risokoti" ("o elefante foi morto por uma formiga"), um dito que a mãe tinha lhe ensinado, nem sei pra quê, quem não desconsegue de matar o elefante? Nasci clarinha e isso deu-me maka, como se diz aqui, que mulato nesta terra às vezes é tomado por bicho. Os negros me queriam para vingar a pele, os brancos para deslembrar a deles, e fui usada sem amor nem gosto. Salvei-me de ser perdida quando o Príncipe Aly, por favor a meu pai, que lhe fornecia a carne de caça, me levou para a Ilha, e uma cozinheira espanhola me ensinou o que sou. A cozinheira, já agastada, foi para a terra, e o Príncipe Aly mandou-me cozinhar um arroz de lebre, e graças a Deus fui de agrado.*

Um domingo de maningue chuva, xi como chovia, chegou à Ilha o Jean-Joseph, um mordomo que o Príncipe teve de um tio extremamente falecido, de Madagáscar. A criadagem ficou aluada, ele era um sopapo, como nesse tempo se dizia de homem bonito. Um negro clarinho de olhos verdes, fala cuidada, luva branca, que misturava o português e o francês. À frente dos patrões, o Jean-Joseph 'obedecia de régua e esquadro', como ele acostumava dizer, mas atrás, xi, era um diabo de falas meiga. Foi um instante para enrolar as criadas como teia de

[70] Romance da mexicana Laura Esquível. (N. do E.)

[71] Proprietário de uma pequena mercearia isolada no mato ou numa aldeia. (N. do E.)

[72] Etnia do norte, da região da Ilha de Moçambique. (N. do E.)

aranha, mesmo casada, aproveitava-se e depois largava-as, uma delas com munchém[73] *na barriga. Teve de pagar lhe para ela ir embora e não contar aos patrões. Ele me atraía e não era poucachinho mas depois do caso com a rapariguinha resolvi negar e ele andou meses a amargar. E então ficou de jeitinho, de beicinho... o nino sabe, e eu lhe fingia... ai, escrever é tão diferente de falar, maningue mais difícil, o nino sabe... bem, eu fingia-me, que de fato queria-o. E um dia... Estava sozinha na cozinha, os patrões tinham acabado de chegar, da América, onde a senhora tinha feito mais um filme, eu preparava o almoço e ele veio de mansinho, por trás, e... o nino sabe, não tenho que ensinar-lhe. O Jean-Joseph foi sempre homem que me deu gosto, e parecíamos dois saltarilhos pela casa, não houve canto que não déssemos gosto, isto sem os patrões saberem, até na cama deles, dá-me até aperto de contar, mas se não conto fico estrangulada, o Senhor me perdoe... não havia como fugir ao diabo do homem, e também nunca quis, que ele me dava gosto... com ele nada era em poucachinho, o nino entende... O pior foi depois dos patrões irem para a casa deles do Mônaco...*

O toque do telefone interrompe a leitura da carta. É Raul. Pede-lhe encarecidamente que vá ter com ele ao necrotério.

– Ao necrotério... As sendas macabras por onde toda esta novela avança... – remói César, comentando para os seus botões, quando desliga o aparelho.

---

[73] Ninho da térmita africana que se ergue sobre a terra como uma torre. (N. do E.)

4

Assim que a gaveta frigorífica se abriu, um bafo frio colou-se-lhes ao ventre.

– Fugi eu ao Norte... – lamenta-se César.

– O cadáver é puxado para a banqueta. Era visível a marca do estrangulamento, mas impressiona mais o rictus rígido e os olhos esbugalhados, de quem não acredita no gênero de força que o abate.

Podias ter-me descrito pelo celular e dispensar-me deste espetáculo... – rabujou César, abalado.

– Nunca vi, como nestas últimas semanas, uma quantidade de mortos com um ar tão espantado.

– É o que devia ser normal, morrer espantado... – redarguiu César.

– Era o que queria que visses. Porque este não devia ter morrido assim... É um dos meus homens.

– Houve um mago famoso no século XX, um britânico, ou antes: um satanista. Alistair Crowley. Fez tantas e tão boas que se julgava poderosíssimo. Até que um dia, esta lhe bate à porta. Sabes quais foram as suas últimas palavras?

– O dr. tem a palavra?

– 'Estou perplexo!'. É o que acontece a todos.

– Não a este grau. Mesmo depois de mortos permanecem espantados, como se ignorassem de todo o que lhes estava a acontecer e persistissem na inconsciência de ignorar...

– É o contrário do olhar do carneiro mal morto, não te parece? – satirizou César. – Tu é que estás a apurar maningue a tua elaboração de raciocínio. É da minha companhia. Anda, deves-me um copo.

César bebericou no uísque. Não lhe soube bem:

– Esta beberagem é de contrabando... – estalou a língua.

– Porque dizes isso?

César voltou a bebericar, sopesou a bebida na língua. Fez uma careta:

– Dá-me agonias.

– Pá... – Raul chamou o empregado do café e ordenou: – Troca lá isto por um uísque velho... e olha que se estiver marado como este, avisas o teu patrão que lhe tiramos a licença!

Depois, sacou do bolso interior do casaco um papel com o resultado do laboratório da polícia e passou-o ao amigo.

César leu: "Presença de hidroxipatite, mineral próprio dos ossos, e magnésio, cobre, boro, ferro e cálcio". Perguntou: – Que é isso?

– Os componentes do material com que ele foi estrangulado.

– Ok, mas o que é?

– Segura-te... – fez demorar o suspense. – Não via desde miúdo...

– Vá lá...

– Barba de baleia.

– Como é?

– Barba de baleia. Sabes que antes da invenção do plástico as barbas de baleia eram usadas no fabrico de guarda-chuvas e nos corpetes das mulheres?

– César apontou um nome no relatório:

– Querantina, é isto?

– É o que aí está. Não há engano. Uma barba de baleia pode atingir até 3, 5 m de comprimento. Não é preciso mais para estrangular alguém, ainda que seja preciso força. Diz-me, das tuas leituras, conheces alguém que pudesse usar barbas de baleia para uma coisa assim?

– Vê no *Moby Dick*. Podes ir à Net, deves apanhá-lo em PDF. Capitão Ahab. Sabes o que é estranho? Sonhei ontem com ele... Acho que definitivamente este morto não pertence ao teu outro caso...

– Está a ficar estranho o mundo, não? Neste momento andam todas as polícias do mundo a enlouquecer. Ontem à tarde em Toronto, numa livraria, desataram a arder os exemplares do *Código Da Vinci*.

– Assim, sem mais nem menos?

– Combustão espontânea.

– São Vlad Nabokov pode voltar ao defeso das borboletas. Alguém ao menos a quem corre bem a vida...

Raul remói o gelo na boca, depois indaga:

– Mas que azedume é esse... a ti não, não te corre bem a vida?

– A Beatriz diz que precisa de um tempo para pensar.

– Estás no ponto para ir amanhã comigo ao enterro do meu sargento... Não faças essa cara, para quê desperdiçar a vida inteira com um falso problema?

– E tu, quando vais para cima?

– Para Quelimane? Depois de amanhã.

ENTERROS E LUZES

1

Raul esperava-o à porta do cemitério, por onde circulava um magote de gente. Perguntou-lhe:

– Há quantos anos não vens a um enterro africano?

– Na verdade, nunca.

– Ora, aí está uma oportunidade, senhor escritor...

À entrada do cemitério, um dos tradicionais da cidade colonial, espraiava-se uma enorme meia-lua, na qual como num delta desembocavam as artérias. Com um gesto, Raul encaminhou-o para uma ruela da esquerda. César estava siderado com o mar de gente, quase tanta como no mercado do Xipamanine, só lhe faltava pontapear latas velhas, pregos rombos e filtros de tabaco. As lajes de pedra eram naturalmente mais perenes que as bancas do mercado, montadas com tábuas velhas, troncos e chapas ferrugentas, mas as flores, por sua vez, oxidavam mais rapidamente que as chapas de alumínio.

– É sempre assim, tanta gente?

Raul não se coibia do humor:

– O sargento Guito Júnior era um dos mais broncos agentes da polícia, desde a invenção da guarda pretoriana pelos romanos... convém comemorar. Há uns anos tornaram-se famosos os seus votos de condolências à mulher dum colega empurrado do terraço do 33: pêsames, são os ossos do ofício, senhora...

– É impagável!

– Mas descansa, esta coisa é sempre assim... uma torrente de gente, e há sempre uma meia dúzia de enterros simultâneos...

Raul afadiga-se num rodopio de cumprimentos que deixa César à vontade, em panorâmicas à esquerda e à direita daquele jardim devassado pelo tumulto do silêncio e das lágrimas. Sorriu, não tinham conta as inscrições das lajes que ainda pertenciam aos falecidos do colonialismo, mas há muito que os inquilinos seriam outros. O sol, a pique, cresta ombros e rabos, desbota as capulanas. E, entre as cabeças – lânguidas, aturdidas pela luz e o compungimento – e o céu, vogam as aves de rapina, tão indesvendáveis quanto a morte.

Duzentos metros à frente viraram à esquerda num carreiro entre dois mausoléus e palmilharam mais cem metros antes de encontrarem uma multidão que cercava dois caixões abertos lado a lado. A cada um dos caixões ladeava em semicírculo um grupo coral, trajado a rigor, fazendo a primeira fila duma mole de enlutados. Parecia uma laranja de luto, aberta ao meio; só que num dos lados, previsivelmente, campeavam as fardas militares, como se todos os caroços da laranja tivessem bandeado para uma metade.

– Dois caixões? – espantou-se César.

– É o costume.

– E os dois coros estão trajados de maneira diferente...

– É porque os dois falecidos pertenciam a igrejas diferentes. Mas nos funerais as igrejas colaboram.

– E agora?

– Vão cantar.

Um pouco ao despique, alternando-se, os coros entregaram-se a cantos plangentes de exortação à fé e louvor a Deus. Raul traduzia as letras para César, a ovelha branca daquele rebanho. Contudo, as letras não diferiam dos cantos religiosos habituais e ao fim da quarta canção César dispensou Raul desse papel e passou a ouvir apenas as melodias. Pela primeira vez, estava realmente atento ao canto naquela língua; o shangana[74] mostrava-se uma língua propícia às tonalidades musicais; mais que o português, parecia-lhe. Mas o despique prolongava-se desmesuradamente, o que lhe permitiu observar o apuro dos presentes. Conferia-se uma dignidade ao ato de despedida que na Europa se perdeu um pouco. César não se sentia particularmente deslocado pela cor mas sim pela sensação de que a sua cor, ali, correspondia a uma espécie de descrença – como se fosse o único insone do mundo.

Fecharam-se os caixões e seguiu-se o périplo até à cova que lhes fora destinada, tendo-se aí separado as águas. Face à cova começaram os discursos e sermões. A meio do sermão do padre, César travou a custo uma gargalhada quando sussurrou a Raul, apontando o céu:

– Tantos corvos?

E o Raul lhe respondeu, solene:

– São os nossos irmãos siameses.

---

[74] Uma das línguas da zona sul de Moçambique. (N. do E.)

Só o reconhecimento da companhia não incandesceu os olhares de reprovação sobre o seu abafado e involuntário riso.

Meia hora depois estacionavam o carro nas imediações do Jardim da Dona Berta e resolveram estrear a nova esplanada, que parecia à altura do magnífico arranjo que revificara o jardim.

As moelas grelhadas não se mostraram merecedoras da vista e a imperial estava morta. Resolveram mudar para o uísque, ao menos tinha o gelo, e foi aí que, Raul, loquaz, provocador, perguntou a César:

– O sr. professor sabe por que é que a religião penetra tanto aqui? Ou melhor, ela não penetra, ela escava... como o munchen!

– Diz-me algo que eu não saiba... – pediu César, com bazófia.

– Ora, aí está um desafio... – Raul deu um sorvo no uísque, acomodou os óculos e atacou o tema:

– Que diz a Bíblia? Que a eternidade se retira e a natureza se corrompe... é uma natureza decaída! No pensamento bíblico vivemos no exílio! Aí está o que convém ao africano... o gajo que nos serve à mesa, viste que ele mal fala português, os seus compadres, a mulher, os primos que constroem a sua primeira casa de madeira e zinco na periferia da cidade, aquele gajo que vende tábuas de engomar na Eduardo Mondlane... estes tipos vivem todos no exílio. Expulsos da terra pela água, ou pela guerra, ou pela pobreza e a cólera; são cuspidos para a cidade como um fruto que cai da árvore. E por isso não medram... o que medra é a semente e não a fruta caída...

Mas a semente não está no fruto?

– Com essa apanhaste-me... é mais lento, é preciso que a chuva e a lama enterrem a maçã e que depois um bicho ou a terra roam a polpa para chegar à semente... nua, está bem assim?

– O coronel é quem tem a palavra...

– Lá no íntimo estes gajos nunca deixam de se sentir no exílio. Para além das dificuldades materiais, pede lá a um exilado para se dedicar aos estudos!

– Mas são muitos...

– Não interessa o número mas a crença. Agora nas eleições dos EUA, depois da eleição do Obama houve um pivot[75] dum telejornal que disse que era o maior acontecimento no mundo depois de Cristo. Só pode dizer isto um tipo que se sente exilado na sua pele.

Como é que *tu* escapaste a isso?

– Tive sorte. Lembras-te como eu era no liceu, tímido... um enconado[76]. Mas tive a sorte daquela bolsa que me chutou para Moscovo... Agora, achas que eles são menos racista que os portugueses? Não. Percebi aí que cada um é o espelho das suas circunstâncias mas que a inteligência as pode superar... Pode é ser uma surpresa se te disser o que mais me fez pensar? Foi o frio. O frio foi o meu grande mestre. Estes gajos não, vivem para o calor, a fusão. Diz-me lá o que é o ritmo? A fusão numa corrente. Pensar é a dissonância. O choque térmico é mais favorável a isso, ou então a cultura, que nos dá a outra face das coisas. O pensamento não brota sem agressão, e nisto copiamos a

---

[75] Âncora (apresentador) de noticiário televisivo. (N. do E.)

[76] Na gíria, um tímido que não sai da casca e não se decide a agir (nem f... nem sai de cima). (N. do E.)

natureza, já reparaste que para a abóbora nascer a semente tem de morrer?

– É transformada...

– Considera isso uma morte ritual. Estes tipos foram arrancados às suas condições de vida, mas aqui ou na sua origem, o calor é o mesmo: o calor é para eles a anestesia do exílio. E agora vê o processo histórico: no colonialismo eram obrigados a sentir-se em exílio na própria terra, como mostrava o xibalo[77]; depois caiu-lhes o socialismo em cima e a terra passou a pertencer a uma entidade abstrata, a nação, que eles nunca entenderam pois viveram sempre no perímetro da sua aldeia. A seguir veio o desenvolvimento e voltaram a estar atados a um molho de brócolos, porque o desenvolvimento traz consigo modos de vida que contrariam a tradição. Até o desenvolvimento os coloca numa situação *entre*, de exílio, que os afasta da terra. Tu queixas-te de que os teus alunos não lêem. Eles secretamente querem voltar ao útero e não afastar-se dele. Como queres que haja dirigentes que fomentem a leitura se eles próprios, no íntimo, desejam voltar à terra, esconder a cabeça sob as asas... esta gente só pensa em esconder-se para sonhar com o que sabem estar irremediavelmente perdido. Os judeus viveram o exílio na diáspora, o negro vive um perpétuo exílio interior porque vive imerso numa imagem que perdeu a referência...

– Touché, estou esmagado...

– Na antiga União Soviética ensinavam-se umas coisas.

[77] Recrutamento compulsório no Estado colonial, que deslocava as pessoas da sua zona de origem para irem trabalhar em obras públicas, na construção de estradas, por exemplo; tratando-as como objetos e nem as remunerando condignamente. (N. do E.)

O regime era lixado, mas havia uns profes que pensavam, e nos abanavam pelo cachaço... diz-me lá, ó César, como queres que leia um povo que vive separado da sua fonte?

– Foda-se... tu já pensaste em escrever isso?

Raul desmancha-se numa longa gargalhada, que desconcerta César. Depois se recompõe e atira muito sério:

– Camarada, sou polícia, e esta tanga acabei de a inventar para ti? – graceja. – Prof., és um tolo... acreditas em tudo...

– Olha que foi um bom improviso...

– É do jazz, do jazz que ouço... mas estou certo que a ingenuidade da minha intuição pode ser contrariada no terreno, pela antropologia... fiquemos assim, é a minha hipótese de trabalho de quarta-feira, 15, amanhã podemos desenvolver outra...

– Sempre foste um perdulário, por isso é que foste cair na polícia.

– Tu não ofendas a autoridade! Cair? Não se cai nas instituições... sobe-se! – Raul desmanchou a ironia pondo um ar sombrio – Embora às vezes fique podre o que não cai...

– Que queres dizer?

– Estou apreensivo com o caso de Quelimane que me foi atribuído... o que à primeira pode parecer um caso de confiança pode ganhar outros contornos...

– Explica-te!

– Devo ir amanhã. Escuta: quando lá estiver telefono-te, se não te tiver telefonado, repito, se eu não te telefonar, esperas por alguém da minha parte e ages...

– De que falas tu?

– Chegou o teu momento de protagonizares. E ficamos por aqui...

2

O registo de Chamadas não Atendidas não engana: quatro chamadas não atendidas do Xavier. Há quatro oportunidades que César se esquiva à formulação do fracasso. Desliga o celular e enfia-o dentro de uma gaveta da secretária. Apetece-lhe saborear uma cremosa talhada de cobardia. Abre a cristaleira, merda, a garrafa de uísque está em branco.

Senta-se à secretária. Desde o primeiro dia que o irrita aquele candeeiro regulável, de molas caprichosas, que nunca se fixa exatamente no ângulo em que o dispõe e lentamente vai desviando o seu foco de luz, numa indomável imprecisão. Acende-o e apaga-o inúmeras vezes, descompassadamente, antes de dar uma cacetada no quebra-luz que o faz descrever um arco de quase cento e oitenta graus. Deixa cair a cabeça entre as mãos, respira fundo.

Examina com enfado a resma de livros, cadernos e rascunhos que pejam a secretária. Procurando desesperadamente uma distração, abre o *Código Da Vinci* na página 9, pega num caderno quadriculado e, anotando-as, começa a identificar as letras esburacadas pelo bicho-de-prata. Como se estivesse a encher um fio de missangas. Dispõe as letras verticalmente, numa coluna.

As primeiras quatro letras organizam a palavra *Após*. Coincidência. Vai à despensa buscar uma garrafa de S.

Domingos. Verte a bebida no cálice, e continua o jogo por graça. Vai paulatinamente perdendo o sorriso – o sulco coincide sempre com uma letra, *exceto* quando se trata de manter um intervalo entre as palavras compostas na mensagem cifrada, aí coincide com o intervalo entre as palavras, na página.

Avia bem o cálice e pede gelo à Cesaltina, que o acha um pouco alterado. Assim que a empregada sai do escritório, César sorve o cálice de uma golada e enfrenta aquela inesperada chave. Chegara à página trezentos e vinte e quatro, resistindo a fazer uma leitura imediata das letras justapostas, tapando de propósito as letras anteriores com um papel; uma intenção que a memória vai traindo, posto que desponta a evidência que de fato a coluna no caderno compõe um sentido oculto.

Volta à primeira página do caderno quadriculado onde apôs a primeira letra e lê a sequência: "Após a chegada dos deuses e fantasmas que vêm exigir o seu peso em sangue e que se restitua a reciprocidade ao sonho, as mulheres começarão a gerar criaturas não segundo o seu ADN mas consoante o caráter, tornando-se vulgar que um útero de mulher gere um feto de rinoceronte, o corpo quitinoso de uma pulga, ou a amálgama de uma quimera...".

Julga-se endoidecer. Que acaso terá composto o bizarro acróstico (que outro nome dar à coisa?) desta edição, pensa César, programando uma probabilidade de sentido entre trilhões de hipóteses entrópicas? Será ainda possível chamar acaso a uma mensagem tão definida e clara? Que raio de enigma lhe atropela a vida, a ele, um pobre amador de charadas? Estará a ficar doido? Repete o exercício. A predição, como uma secreção animal e sem nada de crítica, volta a montar-se à sua frente sem admitir dúvidas, a troca de uma sílaba.

Bebe mais dois cálices e sai, esbaforido.

3

Argentina, ao dar uma volta à dispensa (ia ser pintada na semana seguinte e precisava de ser despojada), encontrou o último livro que César lhe tinha dado. Julgava-o perdido. Há demasiados anos. Sopesa-o, sacode-lhe o pó que lhe amassa a capa, o bolor que lhe carcome as margens. Leva-o para a cozinha, pega num pano seco e esfrega-o com ganas.

No Coração das Mitologias, de Jacques Lacarrière, numa tradução brasileira. Tinha adorado o começo, depois o livro levara sumiço. Resolveu relê-lo nessa mesma noite, oito anos depois. Há quinze dias que pensa em César mais intensamente, desde que almoçaram juntos e ele voltou a inquietá-la, mundano e egoísta, sondando de bisturi a costura da intimidade perdida.

Senta-se um pouco na sala, perdida, curiosa pelo que irá reencontrar no livro. Folheia-o em páginas soltas, perscrutando no que então sublinhara. Às duas por três atenta numa frase isolada por dois sublinhados: *"Orfeu escolheu reencarnar em cisne, recusando o ventre feminino, por ódio àqueles que o despedaçaram com tanta crueldade."* Compara-a com a informação que a antecede e a que se segue, destacadas por dois riscos contínuos e não entende a opção da escolha: parece-lhe decisivamente mais relevante o que então não marcara. Pior, à distância, no contexto, percebe que aquele livro, fora escolhido por ele, *ainda na ressaca do abandono dela*, para que ela reparasse na sua dor, por interposto Orfeu – um dos seus ícones. *Escolheu reencarnar em cisne – maior sinal de fracasso, de desilusão é impossível, maior dor não existe.* Abate-a a certeza de que não encontrará no livro inteiro outra expressão figurada que encaixe de forma tão fidedigna na situação que os desatara. Fora uma surpresa completa para ele, o corte. Ela até se assustara ao revê-lo tão devastado, mas as mulheres quando se decidem é como um cais que se afunda.

O manancial de subtilezas, de subentendidos, de segundos e terceiros graus de leitura que o desgaste de uma relação desaloja – suspira Argentina. Uma relação quando começa está saturada de sentido, tudo significa (às vezes até perigosamente), e quando se termina já não se quer saber, rejeita-se na polpa das palavras qualquer vitamina que não precipite, num redutor pão pão queijo queijo, a saída.

Argentina ficara presa ao tear das palavras em César. Fora de imediato, no primeiro encontro. Depois de passar duas horas a falar com ele, soube que não havia regresso para si. Um mês depois quando ele se propôs repor o lobolo[78] do ofendido e acrescentar-lhe juros, pedindo emprestado aos amigos, intuiu que estava diante de uma alma capaz de ser altruísta, corajosa, o que aliás César, nos seus melhores momentos, não desmentia. Mas há escritores sem contradições, sem uma imaginação maníaca que lhes

---

[78] Lobolo(ar): bens que são entregues pelo noivo à família da noiva para consumar o casamento. (N. do E.)

distorça a sensibilidade num perpétuo direito à mentira, pelo álibi de querer sentir de todas as maneiras?

Argentina estava com trinta e nove anos e remexer em águas inquinadas alvoroçava-a um pouco porque lhe lembrava o filho que quisera e esquartejara em raiva e culpa quando rompera com César e a iniludível solidão que se lhe seguira. Nunca mais se recobrara totalmente da sua culpa, que acabou por lhe anestesiar o desejo nos anos imediatos. E lembrava-lhe que o seu lúgubre relógio biológico não parava e como, depois de César, não conhecera homem nenhum com a aura que impõe um filho, uma âncora. Ter sabido, acidentalmente, depois de terem estado juntos e por uma amiga comum, que Beatriz rompera com César, lançara-a num mar de dúvidas e há vários dias que sentia o seu coração esfacelado pelo turbilhão de gaivotas que da sua janela via sobre a lota.

Argentina enterrou o telemóvel entre as almofadas do sofá, para resistir à tentação.

4

Escreve, mas algo de bizarro acontece no ecrã, à sua frente. Sempre que desvia os olhos do ecrã as letras que são percutidas no teclado não surgem no plasma. Basta olhar o teclado e o cursor avança sem levar consigo as vogais e consoantes, César tem de fixar o ecrã para que as letras nasçam à sua frente, negras, incrustadas; assim que as fixa no teclado, as letras evadem-se, desmemoriadas, em rajadas de branco, como se não acedessem à consciência. Larga o laptop e passa ao computador de mesa. É o mesmo. Não é um problema mecânico. Ao fim de quinze minutos de tentativas não tem dúvidas: ou ele ou o ecrã estão a endoidecer.

Da dúvida passou ao seu duplicado: a fé. Foi instantâneo, veio à mente de César, como uma sirene, um parágrafo de Umberto Eco, do livro que dava nas aulas, *Limites da Interpretação*. Abriu o ensaio e achou-o quase automaticamente, transcrevendo-o para o caderno: "os cabalistas medievais e renascentistas afirmavam que a Cabala não só tinha infinitas interpretações como também podia e devia ser reescrita de infinitos modos, de acordo com as infinitas combinações das leituras que as constituíam. Mas a infinidade das interpretações, certamente dependente das iniciativas do leitor, era de resto desejada e planificada pelo autor divino".

Riscou a palavra *leituras* e sobrepôs *letras*. Achou idiota. De *infinitos modos*? E quem era ali *o leitor*, ele, ou o bicho-de-prata? Quem interpretava? Que tipo de acaso ou de intencionalidade levara o bicho àquela incidência na sua *sopa de letras*? *O quê* o levou àquele trajeto? E quem estava em branco, desconectado – a sua mente, ou o ecrã?

Lembrou-se, resgatando um murmúrio de águas, de uma ocorrência quase imaterial na sua juventude, em Lisboa, algo que anotara numa micro-narrativa, inédita. Abriu o armário que acumulava dezenas de cadernos com as suas quinquilharias: fragmentos, impressões, fogachos de diálogos ou breves textos acabados mas por digitar; catou-os, ansioso, mais de meia-hora. Enfim achou o caderno e releu o texto:

"O VENTO: UMA EXPLICAÇÃO

A cabeça escaldava mas as mãos não tremiam.

O Filipe sacou do bolso da samarra a chave-inglesa e dilatou o buraco na montra.

Um táxi, vindo do Largo do Borrateiro, passou ao largo, acelerando às nossas poses guerreiras.

Roubamos uma violão, um sax, uma flauta transversal. O Eduardo, com a tensão, não deu logo por ter esfacelado o mindinho, nem pela lasca enterrada na palma. Só ao fim da Rua da Madalena olhei para ele e vi que toda a vida colhera cerejas.

No ferryboat enrolamos-lhe a mão e, como ele dizia, começou a doer-lhe os colhões.

Ninguém o calava.

No dia seguinte não saí de casa. Já se sabia que o Eduardo, o único que entre nós tinha uma formação musical e nos ia ensinar, estava impedido de pegar no instrumento talvez para sempre. O vidro enterrara-se fundo, roubando-lhe a mobilidade da mão que lhe permitia os gorjeios. Comprei uma cerveja de litro e fiquei-me a ensaiar acordes pelo manual, com a inépcia de quem afoga um poço a pazadas de terra.

No pick-up alternavam-se os Led Zepellin e os Velvet Underground. Às duas da manhã desisti. Encostei-me à parede e pus-me a ler o teto: os pontos minúsculos que intuía serem ovos de anjos absolutamente depenados pelo clamo humano.

Foi nesse momento que comecei a notar um tiquetaque metálico, quase inaudível mas constante. De onde vinha, o que era? O quarto era uma bagunça de livros, papéis, meias e cuecas ladrilhadas por séculos de sujidade. Fiz uma rusga pela sobrenaturalidade daquele claustro e dei com a origem do mistério: uma barata razoavelmente adulta e que julgava cataléptica batia com as antenas no chão, e assim comunicava com outra, mais pequena e semi-espalmada por um dicionário Português-Francês, que replicava aos batimentos da primeira. Juntaram-se os batimentos do meu coração: em morse, no trespasse da morte?

Apavorado, agarrei-me a um livro, o *Fédon*, de Platão. E dou de caras com a fábula da criança que teme que a alma seja levada pelo vento, assim que se desprega do corpo.

O Eduardo nunca recuperou a suficiente mobilidade da mão para se tornar o concertista virtuoso que aspirava ser.

Eu viciei-me no vento."

Décadas depois, César ainda ouvia nitidamente o recorte daquele tiquetaque, o sinal indelével de *uma conversa* entre os dois insetos, a sua estupefação. Punha a mão na frigideira, por isso. E seria uma conversa final, sobre o transporte do âmago para outros limiares? Que inteligência urdira um tal código como paliativo?

No mesmo caderno, leu outra breve narrativa, também baseada numa ocorrência da sua infância:

"A NATUREZA CORRIGE

Tinha mais dois anos que eu e a pressa, a afoiteza do furão. Afastou o contraplacado que substituía o vidro partido da claraboia – no vão das águas-furtadas em que eles viviam – e emaranhou até ao caibro, antes que eu acabasse de me alçar ao telhado.

Endireitou-se sobre aquela barra estreita e atravessou o prédio na longitudinal, em equilíbrio. A cidade estendia-se aos pés do seu arrojo.

Eu, as pernas enfiadas na claraboia, hesitava.

'Queres ver?'– abriu a braguilha, desceu de esguelha, para controlar o passo, até à borda do telhado.

Espreitou o vazio e orientando a pila com os dedos urinou na roupa estendida da vizinha do 3° esquerdo. Ouviu-se o eco surdo do jorro contra os lençóis. Depois em passo curvado, de aranha, voltou ao cume do telhado, para rir à vontade.

Resolveu ir-me buscar. Recuperou a sua postura de Equilibrista do Circo Chen, abriu os braços e avançou no espaço.

A meio do trajeto desequilibrou-se e pisou uma telha. E desata a saracotear-se, aos gritos, por ali abaixo, tropeçando num ventilador que o projetou sem domínio para a beira do telhado. Um instante antes de cair recuperou o equilíbrio em nova guinada que lhe mudou a trajetória na minha direção até que, absolutamente descomandado, caiu no buraco da claraboia, sem que eu, aparvalhado, tivesse o reflexo de o amparar.

Havia pisado um favo de vespas que o perseguiram até à borda, onde pisou novo favo, cujas ferroadas o salvaram da morte.

Com as quatro moedas que a mãe lhe deu para o

desinchaço das picadas compramos dois gelados de gelo na mercearia da esquina."

Não tinha dúvidas, a coisa passara-se assim mesmo, como anotado com rigores de etnólogo. Outra coincidência, ou as letras silenciosas que fazem do acaso um destino?

ANUNCIAÇÃO FEITA A BEATRIZ

1

Bernardo aproxima-se, no seu eterno fato de bombazina, e é direto na sua abordagem, como sempre:

– Beatriz, não acredito no que ouvi. Disse-me a Judite que mudaste o tema do teu pós-doutoramento e abandonas os Estudos Africanos.

– É verdade, Bernardo.

– Mas assim, de repente... Nunca disseste nada... Nem a mim. Considero uma grande quebra de confiança.

– Não é verdade. A decisão é que foi súbita, a necessidade de mudar vinha de há muito.

– Tens 20 anos de investigação na área, és uma autoridade na literatura de Angola e Moçambique...

– Só que, meu caro, tive oportunidade de esgaravatar na rugosidade do real e isso rasgou a seda da literatura...

– Eh pá, isso pede um café... queres?

– Uma tisana... camomila.

– Vou buscar-ta...

Maria olha pela vitrina do bar da biblioteca os brilhos nas folhas dos amieiros que ladeiam o lago, os bambus. Uma família de patos adeja na água, nada quebra aquele remanso.

– Queres uma colher de açúcar ou duas? – pergunta Bernardo, pousando a chávena à sua frente.

– Sem açúcar. Obrigado.

Senta-se. Ele serve-a:

– Conta-me lá então.

– Acreditei durante muitos anos que a literatura era uma coisa e a sociedade outra, e que uma sublimava a outra. Deixei de acreditar na bondade de tal pressuposto.

– Bondade?

– Sim, a literatura é uma coisa benigna e fechava os olhos ao resto. Hoje já não consigo separar os livros das suas condições de produção.

– Que queres dizer exatamente?

– Se tu lês um livro de um francês, digamos que há um pano de fundo social, de onde o livro emana, que não te compromete... é um país desenvolvido, tu podes não concordar com esta ou aquela medida política, mas está salvaguardado o essencial. E a literatura aí desliza nos seus carris, sem grande ruído exterior. No caso de Angola e Moçambique, não... eu não tive dúvidas enquanto só lá passava uns períodos, na capital, na esfera dos universitários e dos bolseiros. Até que o César, sem querer, me fez conhecer o outro lado das coisas... no ano passado fomos a Inhamessuge, um distrito do outro lado do rio dos Bons Sinais, em Quelimane. Atravessa-se o rio e anda-se 30 km dentro da península. Uma revista holandesa tinha-lhe encomendado uma reportagem sobre a violência doméstica em Moçambique... lá fomos. A natureza em volta era das coisas mais belas que já vi e as aldeias estavam incrustadas no meio ambiente, nada parecia quebrar aquela harmonia.

Mas ao assistir às entrevistas dei conta que o isolamento daquelas pessoas as estava a enlouquecer, literalmente. As pessoas catanavam-se[79] à primeira, por medo, cativos. À mínima tensão o marido acusava a mulher de feitiço e a família dele acabava por catana-la, a cobro da noite... e aquela natureza tão bonita que os rodeava era para eles apenas um lugar onde à noite vagueavam, dissimulados, os espíritos e as almas penadas... eles estavam prisioneiros das suas superstições. E então apareceu-me aquela miúda, 17 anos num corpo franzino, subnutrido, que aos 6 anos tinha ficado órfã de mãe... O pai voltou a casar e a madrasta maltratava-a de tal maneira que ela aos 11 fugiu com um homem de 26 anos. Este teve a sua noite de núpcias e mandou a miúda para casa dos pais dele em Inhambane, só que a miúda, lá, compreendeu que a sua mudança não correspondia a uma melhor sorte, e então fugiu e voltou para casa do pai, em Quelimane. Aos 15 conhece o marido, um homem de 30 anos e vai viver com ele. O menino com que se apresentava ao colo era o segundo filho, aos 17 anos...

– E que estava ela a fazer, nessas entrevistas? Não me digas que foi catanada?

– Foi, num pulso, ele quase lhe arrancou a mão. Mas para ela o fulcro do problema entre eles não estava aí. O problema é que ele tinha arranjado outra, mais velha, a quem já tinha engravidado, e agora estava a rejeitá-la, abandonando-a à miséria. Fui eu que lhe perguntei, eu já não aguentava e disse-lhe: mas menina, tu tens 17 anos, ainda podes reerguer a tua vida, que te impede de ires para casa do teu pai, de voltar a estudar, de não teres de aturar um homem mais velho que te maltrata e te deixa à fome. E

[79] Catanavam-se: cortavam-se com facão (N. do E.)

responde-me ela: Ele pregou-me a doença...

– A doença?

– O HIV. Olha-me nos olhos e diz-me: Ele pregou-me a doença e acho que agora devíamos enfrentar este problema juntos e não andarmos para aí a infectar outras pessoas. Fiquei embatucada. Estás a ver a grandeza moral dum fedelho de 17 anos, com a quinta classe, a quem a vida só pisou, que é comida e cuspida por um safado com o dobro da idade e que tira as consequências morais dos seus atos... Fiquei seca. E tinha-lhe perdoado a catanada, isso para ela era apenas um acidente. O resto é que deviam corrigir... Ela era de uma tal dignidade que me senti uma charlatã: interessava-me mais um novo livro de Mia Couto do que conhecer o inferno que ele resgatava... Sabes, a Paulina está muito para além do gênero, é um misto de literatura e de "vídeo-reportagem", ela tem a coragem de expor as feridas... Foi como se tivesse perdido a inocência. E percebi que não tinha estofo... que seria incapaz de fechar mais os olhos àquele mundo pavoroso... e então tratava-se de saber a que ponto eu estava disposta a ser mais interventiva, politicamente, percebes? Sinto que há uma verdadeira indústria de mulheres tomadas de piedade cristã a bordarem teses sobre uma África de gabinete... onde ninguém se compromete... percebes, estetizamos a miséria e a violência, somos cúmplices...

– Que sombria... tenho a certeza que essas tuas dúvidas derivam da crise do teu casamento com o César.

– Há coisas do caráter do César que me desapontaram, sem dúvida. Mas não tenho a certeza de nada, ou tenho... não quero voltar a África. É uma cobardia, mas não consigo pertencer mais àquilo que é constitutivo para o César...

percebes?

– E já tens objeto de tese?

– Vou aplicar as grelhas da *Géocritique* a alguns livros da literatura de viagem seiscentista.

– Afinal, voltas à África.

– É o meu modo de despedir-me, sem estar lá.

– Não sei se será a terapia que procuras...

– Nem eu... e talvez seja um modo falacioso de escapar ao cinismo dos cegos que foi a minha especialidade... por que, sabes, um exegeta literário nunca terá a temeridade dos samurais, que teciam um haiku enquanto praticavam o hara-kiri, nós estamos viciados em experiências diferidas...

– E essa tua necessidade de mudar... – Bernardo voltou a colocar a mão sobre a mão dela e Beatriz foi surpreendida pelo conforto que lhe dava deixar a sua mão sob a dele – dá-me esperança, a mim, a nós...

Beatriz disfarçou:

– Bernardo, não te fica bem o oportunismo político...

– Gosto da ironia...

2

Era Raul. Merda, tinha acabado de adormecer. Uma da manhã. Devia ser grave. Pedira-lhe para não o envolver mais nas suas investigações policiais, alegando, o que não faltava à verdade e ele, por experiência, entenderia, 'o direito a viver em privado as cicatrizes da dor de corno'. Só podia ser grave, Raul não era do tipo de desrespeitar um pedido semelhante; além disso ele ia para Quelimane logo de manhã.

Retiraram o corpo do autarca da piscina do Hotel Girassol, cuja água ainda não diluíra nódulos, fiapos e manchas de sangue, como se tivesse sido submetida a uma descarga do esgoto dum hospital. O cadáver foi encontrado por uma turista holandesa que desceu à meia noite para um banho noturno e que, num impulso, sem olhar previamente a água, mergulhou decidida para dentro daquele matadouro. Fora a expressão que ela usara: matadouro. E com os seus gritos, a holandesa acordou o resto do hotel.

O corpo do alto dignitário foi retirado e colocado pelos funcionários do hotel sobre a mesa comprida do restaurante onde se disporiam as vitualhas do pequeno-almoço. Aí ficara até à nossa chegada, protegido pelos guardas do hotel de uma curiosidade desmedida, devido às estranhas marcas que ostentava.

O morto tinha os mesmos olhos arregalados dos outros:

– Isto é uma maldição, nem para morrer fecham os olhos. Uma maldição africana...

– Metafísicas de merda... – cortou César, encolhendo os ombros.

O tronco fora aberto, do esterno até abaixo do umbigo, e cerzido depois, grosseiramente, com cordel. A cor da carne esfacelada que repontava entre os pontos mostrava que o crime fora cometido há poucas horas. Mas o que impressionava é que o ventre inchado do cadáver pulsava, tinha erupções momentâneas, como se lhe corressem bolas de bilhar sob a pele.

Raul pegou numa tesoura de cozinha e, sem quaisquer sinais de vacilação, cortou os primeiros pontos. César, de miúdos, admirava a coragem de Raul, a sua 'ativa inconsciência', como lhe chamara uma vez, e começou a sentir um formigueiro na mão. Curioso, a mesma mão de Aurora, pensou, enquanto Raul abria os dois bordos da carne.

A cabeça de um lagarto assomou, vindo das entranhas.

– Isto, nem nos teus melhores romances... – comentou Raul.

– É o Quixote, chegou... – respondeu-lhe César, mal-disposto. Só lhe apetecia dormir. – Mas sabes, há dias em que um gajo não consegue evitar pensar que toda esta merda é um sonho.

3

Na estrada de Inhambane para o cruzamento da Estrada Nacional nº1, antes de Jangamo, desemboca um atalho largo vindo de Maxixe. São dez quilômetros de terra batida, desbravados pelos serviços municipais para os presidentes das duas cidades, e os secretários do Partido, se visitarem, poupando-se de mais vinte quilômetros até ao cruzamento.

Argentina enfia pelo desvio com o seu Toyota e desacelera. O piso é bom, regular, mais transitável do que muitas estradas de asfalto, escalavradas e medonhas – simplesmente é a sua zona, onde cresceu, e gosta de saborear cada metro, cada palmeira, cada casa maticada, as cercas de cana, cada naco de tempo. Por ali correu em miúda, descalça, com os filhos do dono da pequena fábrica de tijolos, que gemina a casa de sua mãe. Atrás de casa havia uma plantação de cana-de-açúcar por onde se perdiam seguindo o voo embriagado das borboletas.

Há seis meses que não visita a mãe e a mana Vitória, a única que permanece com ela, desde que o acidente no Tofo, em miúda, a resguardou das cogitações dos rapazes solteiros. Ninguém se compromete com uma paraplégica. Iam pela segunda vez ao Tofo, levadas pelo primo Jaime, eufórico pela compra dum Toyota Chico em quarta mão a um médico chileno de Maxixe. Nem estavam habituadas a banhos de mar, mas a água estava tépida e o mar duma brandura que chama. O que também entusiasmou o boer, que pela primeira vez chegava ao Tofo com a sua nova mota de água, comprada a 36 prestações, que tinha o Flash Gordon estampado nos flancos. Duas curvas apertadas com a moto inclinada animaram o boer a uma curva mais larga e próxima da praia no momento em que Vitória se acocorou debaixo de água, de narinas apertadas, a ver quanto tempo aguentava sem respirar.

Vitória tinha 16 anos e Argentina 15. O atropelo

pulverizou a família; a mãe, viúva, não aguentava com três filhos e uma paralítica necessitada de cuidados especiais. O Rogério, o mais velho, marchou para a tropa; Amélia, a irmã mais nova fora recolhida por umas Irmãs de Caridade, em Inhambane, e acabara por se entregar ao noviciado, e Argentina, por indicação do sr. Manhique, o dono da fábrica de tijolos, que fornecera o material para a cantina, seguira para um Internato de Carmelitas, perto da Macaneta. Catarino, o primogênito do sr. Manhique ainda a lobolara, mas entretanto César expusera os telhados de vidro dessa ligação de infância.

Agora só voltava a esse rincão da sua infância indolente, como já não há – e onde, prometia regularmente a si mesma, haveria de erguer uma casa para a sua velhice –, para visitar a mãe e em estando necessitada de tomar uma decisão. Era o seu palco para as grandes decisões, o seu nicho ecológico – só lá sentia que o sangue é espesso por dentro das veias.

Travou. Era o neto da *mamã* Virgínia? Os miúdos aproximaram-se numa correria. Apontou o coco que um miúdo de olho fosco segurava:

– Não és o Trabílio?

– Sou...

– Dá-me lá esse lenho... A tua avó, está boa? Dás-lhe cumprimentos da...

– Morreu de malária.

4

Ajudei na mala da madame... ela me dava conselhos, maningue, mas pouco percebia... Assim que ficaram de abalada foi a maluquice. Que vergonha nino, até na da madame, na cama da madame Rita Hayworth... Deus me castigue, o resto da criadage' andava de credo na boca.

Nessa manhã tomamos duche na suíte da patroa, ele era malandro, o nino vê o descerto de meter a cabeça na lua, bom, a senhora punha-a nos olhos, não ligue... mas ele me começou a borrifar com os perfumes da patroa Rita, eu corria pelo quarto, numa risota, tomada de calores, veio-lhe daí a ideia. Alugarmos o quarto da madame Rita para as luas-de-mel. A cama, aqueles lençóis xiques de seda, cambraia e bordados a oro, no ver dele, eram o ninho onde sr. Barroso podia calhar desvirgindar a menina Júlia... pedi uma água, nino César. Fiquei num susto, mas o home era um diabo se lhe metia ideia na cuca (... é boa, o nino lembra-se dessa bebida?), e vai arranja vendedores em Nacala e fez os preços... , e ele nunca foi de poucachinho, somava-se a isso, no 'franco caso', como ele dizia, das noivas usarem a toilette e os perfumes da madame, os vernizes, uma taxa, tudo tinha uma taxa. Deus me perdoe, a minha cabeça nessa altura era a urina dele, o nino entende, estava 'svanecida, nino. Ele até tufos de cabelo da senhora, foi buscar, tirava das escovas, sei lá, e unhas, como é que o diabo do homem ia apanhar aquilo, vendia como rubis. Até pediu unhas das minhas. E eu dei, 'tava perdida. E vendia coral, miçangas, o homem vendia tudo... E dava dinheiro a toda a criadage', o Jean-Joseph não lhe ia na alma ser egoísta, e assim calou o cochicho...

RITA, RAINHA DA ILHA DOS LAGARTOS

1

"Hoje, a Ilha de Moçambique é palco para o encontro de alguns dos maiores neurologistas do mundo, que vão pousar aqui, neste terreiro, dentro de minutos, de helicóptero.

São dez cientistas de renome mundial, que se desviaram de um congresso mundial em Joanesburgo, para aqui virem provar, segundo o comunicado oficial da organização do Congresso, a culinária da senhora Aurora Monchique, cozinheira da drª Filipa Melo, única médica da Ilha. Entre os visitantes encontra-se um outro médico moçambicano, o dr. Victor Niahtitima, do Hospital Central, de Maputo.

No meio dos jornalistas internacionais que cobrem o Congresso persiste a suspeita de que esta é mais que uma visita de turismo, e falam de uma misteriosa luva que cobre a mão direita da cozinheira Aurora. A nossa reportagem não pode adiantar nada sobre esta matéria, pois a drª Filipa Melo recusou-se a falar à STV[80] e a cozinheira está

[80] Um dos canais de televisão de Moçambique. (N. do E.)

incomunicável, presume-se que a cozinhar para o evento.

Sem mais, Marcos Resende, com a imagem de Simão Zandamela."

Cesaltina fechou a televisão incomodada, pensando na arrelia da Aurora, com as televisões atrás dela. Telefonou-lhe.

– Miúda, não penses nisso... – sossegou-a Aurora. – Os doutores são gente simples e eu estou rodada com esta gente famosa desde o Príncipe Aly... sabes o que me custa? Os dias em que estive fora, a Ambrósia a minha ajudante, tomou-se de amores por um polícia daqui, e descuidou tudo, vê-me lá que até o sal deixou acabar, o sal, santo Deus, que para um banquete deste tamanho tem de ser em abundância. Ainda não estou em mim, o sal, estou mesmo zangada com ela... E o *nino* César? Continua muito triste?

"Voltamos a um apontamento de reportagem para darmos a receita do manjar dos cientistas de renome mundial que visitam hoje a Ilha de Moçambique, que nos foi adiantada pelo guarda da casa, que tem namoro com a ajudante de cozinha.

E a refeição dos cientistas constará de avestruz, previamente mergulhada em vinha de alhos durante dois dias, e depois metida num forno de lenha unicamente com uma dúzia de limões-lima no buxo e um normal na cloaca, enquanto a carcaça foi barrada de manteiga e sal.

Dado o número de congressistas sabemos que vão ser servidas duas avestruzes.

O prato será acompanhado de Esporão, o afamado vinho português, e a sobremesa será Bavaroise de maracujá, ou leite-creme, à escolha.

Isto foi-nos garantido por este serviçal da casa.

E por agora é tudo, Marcos Resende, com a imagem de Simão Zandamela, Ilha de Moçambique."

2

Vasculhava sofregamente entre os tomos da Enciclopédia Britânica uma carta que recebera de Argentina, a carta da ruptura, e que enfiara entre os calhamaços, e fez tombar um deles, que se abriu em dois ao bater no chão. Apanhou o volume e viu que caíra do seu interior uma fotografia. Era uma fotografia do seu pai, encostado à balaustrada da casa de praia. Raul serve-se de um uísque e senta-se no cadeirão a olhar a foto.

César lembra-se, a presença do corvo preto ao canto da balaustrada de madeira da casa da Macaneta estacou a sua marcha. O mar reboava atrás da duna e não teria dado por nada se o corvo não o travasse. O corvo não desarmou, deu dois passos para a frente e uma volta sobre si mesmo, mas manteve-se firme, no seu pouso; César aproveitou para puxar de um cigarro. De soslaio, o corvo e o adolescente, enleados por três metros de relento. Só depois a ave levantou voo. César voltou a fixar o ponto da amurada de onde o bicho descolara e entreviu a dança de uma pequena chama, por entre as gelosias. O lusco-fusco realçava a ponta do cigarro. Instintivamente, escondeu o seu atrás das costas. Estava alguém em casa. Resolvera aproveitar a sua nova Honda 500, oferecida pelo Natal, para se aventurar a ir à casa da Macaneta, onde tencionava passar a noite – e afinal estava alguém em casa.

Agachou-se e aproximou-se da janela. Apurou o ouvido. Não tardou a reconhecer a voz do seu pai e duma mulher. A toada da conversa era de intimidade, entrecortada de risos. O seu coração deu-lhe a espertina. Decidiu ver quem era, discretamente.

Lembra-se, viu primeiro dois montes de açúcar branco enfeitados por duas cerejas. Uns seios alvíssimos, os mais brancos de que se recordaria em anos. O pai, muito animado, contava uma piada à mulher, receptiva, enquanto em César assomava o encarniçamento da vespa. Foi então que se revelou o rosto dela. Ficou parvo. Era a "tia" Rita, a mulher do "tio" Tomás, frequentes comparsas de almoço lá em casa. O pai e Tomás eram sócios numa firma de extração de caju e os negócios do pai beneficiavam muitíssimo de Tomás ser Presidente da Câmara em Inhambane. Pelos vistos, a mais-valia era total.

Deitou-se no chão da varanda e fumou outro cigarro. As estrelas já se palpavam, no céu.

Passou a noite na praia. As marés vivas tinham atulhado o areal de lírios do rio, arrancados às margens do Umbeluzi, que desaguava a dois quilômetros dali, e entreteve-se a partir os talos, absorto.

Bebeu um gole. Então, como agora, sentia-se mergulhado num impasse, um abismo sem fio. Ficara tremendamente dividido. Nunca tomara o pai por um santo, apanhá-lo em flagrante era outra coisa. Tinha dezesseis anos, cansara-se de uma mãe com taxímetro, desafeita, dormente; deixara de se ralar com as sucessivas depressões da mãe, e o seu tremendo rol de enxaquecas, mas agora descortinava a origem de tudo aquilo. Descobrira outro pai naquela noite, manhoso, calculista, hipócrita – ele, que nunca perdia a oportunidade para tecer discursos moralistas sobre tudo e todos.

Passavam das sete e meia da manhã quando entrou em casa. A mãe tomara os seus comprimidos para dormir e estava ferrada, nem dera conta que o filho passara a noite fora. Fechava a porta de entrada quando o pai, de pijama, a escova a sair dum floco de espuma, espreitou da porta da casa de banho, indagando:

– És tu? Vais sair? Vais para o liceu?

– Sim... – confirmou César, sem saber por quê. E tornou a sair.

Faltou dois dias seguidos às aulas, os pais foram chamados à Direção, e começaram aí os problemas em casa. Mas César nunca se decidiu a dizer a verdade. Acudir com a verdade à mãe, que às vezes via esgarçar-se, à beira da loucura? Atirar com a mentira à cara do pai, no meio de uma das suas homilias, nos almoços de grupo? Expulsar à primeira aquela mulherzinha de dentes de esquilo e duma brancura que até o coalho da menstruação deslassava? Resolveu vingar a mãe, ser escarninho, empurrar o pai às cordas com remoques, ameaças veladas, armadilhar as omissões num máximo de tensão, jogar em dois tabuleiros, aproveitar-se. Muitas vezes se sentia iníquo, nesse esquema. Isso afastou-os, nunca chegou a haver degelo, e o pai, daí para a frente cedeu sempre nos braços de ferro entre ambos.

Vêm-lhe nítidos à lembrança os passos miúdos, nervosos, do corvo na balaustrada, do seu colarinho, um vinco de pomba numa fuselagem sedutoramente cruel. E interroga-se se não se viciou no jogo, se na vida não se habituara como o pai a jogar em dois tabuleiros, dizendo uma coisa e agindo ao contrário, enganando também ele as mulheres, a si mesmo. Num jogo de cintura em que, segundo Raul, se tornara mais moçambicano que tantos dentre eles.

3

Quadriculado convulso, uma cidade que desaprendeu a mansidão, se desdobra aos baldões e se acama em escombros, aquela parte recôndita de Quelimane – enegrecida pelas deficiências da iluminação pública e por casas esventradas pelo desleixo dos homens e a erosão da guerra. O asfalto fora há muito corroído pela lama e urina dos cães, a pontapé naquele canto; tal como as folhas de jornal enlameadas que crianças sujas esgaravatam num afinco inexplicável A cidade nunca se recompusera inteiramente, dezoito anos depois aquele quarteirão de Quelimane não se libertara das cicatrizes.

Ao fundo da estrada de terra batida acendiam-se as luzes de um edifício comprido mas baixo. A noite punha mesa para o seu repasto.

Veio-lhe à cabeça a história intrigante que tinha lido no avião. Uma reportagem sobre o Shri Lanka com uma caixa sobre um homem que era considerado um santo. Vivia numa aldeia a cinquenta quilômetros da capital. Todos os dias, ao lusco-fusco, dava leite a uma cobra venenosa que vivia no alto duma palmeira, próximo de sua casa. Um dia a cobra da palmeira picou-lhe o filho, uma criança de seis anos, e a criança morreu. Nesse mesmo dia, à hora de sempre foi depositar uma malga de leite para a cobra.

Uma mulher, debaixo do coqueiro, arrumava a sua banca de bolinhos de sura. Comprou um, mordiscou-o, e perguntou:

– A Residencial Januário?

– É mesmo em frente, depois do lixo... – apontou.

Raul divisou a sombra do monturo de lixo e as luzinhas bruxuleantes que se alinhavam depois.

– Mamã, aqui tão atirada... consegue vender?

– Tenho freguesas...

– E tens sura?

– Não é?

– Dá-me lá um copo. Há anos que não bebo sura...

A mulher limpou a garrafa empoeirada com um espanador de penas antes de verter a bebida num copo de plástico azul. A sura estava já um pouco fermentada. Lembrava-lhe a água-pé que bebia nas festas de S. Martinho, em Coimbra.

Lá, na Residencial Januário, escondia-se o irmão do homem que o apunhalara. O gago. O outro, a ratazana de dentes verdes fora preso há mais de um mês em Joanesburgo, e aguardava ordem de repatriamento. Faltava-lhe só aquela peça. O gago. Estava capaz de lhe despejar uma caçadeira nas tripas ou de o esganar com a cobra do indiano, antes de lha enfiar pela boca aberta. Não em seu nome, em nome do Artur, que quase ficara órfão. É o que mais lhe custa desde a guerra, ver como a doença e o crime não deixaram de engrossar o exército de órfãos em que o país se tornou.

A sua cicatriz nas costas pulsava, como as narinas do cavalo que adivinha égua com cio, como os lábios do gago que tenha de articular o mais lesta e fluentemente possível: es-es-t-tou i-i-no-cen-cen-te.

4

À noite, os casais, as paredes e os retratos da madame coravam de vergonha com tanto grito e gemido, até palavrão fervia. Pensavam que era assim com as estrelas de cinema e a minha senhora não, era muito quieta, nunca ouvimos lhe um ai.

Foi estrambólico (xi, o que gosto desta palavra), nino César, em dois meses acamaram lá em casa mais de quinze noivo, entravam pelos fundo, para não dar nas vistas, e o dinheiro, xi, ganhávamos mais numa noite de núpcias que num mês de ordenado, começou a ser a nossa cruz, o nino calcula, nós chegados de tão pobres.

Eu sabia que o Jean-Joseph era um poucachinho xanfrado (é assim que se diz, não é?) mas em lhe chegando que ia ser pai amalucou. Pegou no riquexó dos patrões, fartei-me de barafustar, mas ele não me ouvia, dizia, parle avec moi en français... e fez-me dar a volta à ilha, com ele a conduzir. Eu ia consumida, mas no íntimo decoro ia muito feliz, o nino há-de compreender, subiam-me as lágrimas, ele excitava os cavalos, aquilo me parecia mal e, Nosso Senhor me valha, sabia-me tão bem... sei lá, nino, e as caras de paspalho nas janelas, no largo da Igreja da Misericórdia que se benziam, e o Jean-Joseph gritava, mons fils sera le roi des allumettes. Nem sabia o que queria dizer allumettes, fiquei um poucachincho esquisita quando aprendi o que era, o Rei dos Fósforos, em francês é mais bonito, lembra mesmo coisa de rei. Foi aquilo que perdeu-nos.

Nessa tarde foi batida a porta por uma rapariga negra, de porte distinto. Andaria pelos 23 ou 24 anos. Perguntou pela senhora da corrida de riquexó. Fui atendê-la com o credo na boca, mas ela sorriu, um sorriso lindo, de quem não tem mal que lhe pegue, e abraçou-me, um xicoração muito apertado, e disse, obrigado pela sua "alegria expandida", nunca mais esqueci aquela palavra, "expandida", obrigado, e perguntou-me, sabe o que quer dizer allumettes. Eu não sabia, com o susto até me esqueci de perguntar ao Jean-Joseph, e com vergonha disse-lhe que não, e ela voltou a sorrir e disse: são fósforos. O seu filho será o Rei dos Fósforos, explicou ela, eu estava incrédula, Fósforos, tem a certeza... mas ela sossegou-me, só que aqui, na sua história, os fósforos são uma coisa imensa, foi assim que disse, imensa, como a luz da estrela que guiou os Reis Magos... e por isso lhe vim agradecer e ao seu noivo me terem devolvido a alegria no meu país... a vossa espontaneidade comoveu-me. Pedi-lhe que entrasse e tomasse um chá com nós... e na cozinha ela ria muito quando lhe contei o que fazíamos com o quarto da senhora... Ela contou que ia partir para Portugal e que tinha vindo à ilha para se despedir do país... e no meio de risos e abraços e daquela alegria perguntei-lhe se queria de dormir aquela noite no quarto da madame Rita. O Jean-Joseph até lhe passou a fita que a senhora mais gostava e a rapariga chorava de estar a ver o filme conosco... e no dia seguinte quando acordamos ela não estava... Tinha levado um perfume da senhora e deixado uma carta de despedida e um poema, aquele famoso "Oh deixa passar o meu povo" e por baixo escrito Noémia de Sousa[81]*. Eu na altura nem sabia quem era, só vim a saber muito depois... e o Jean-Joseph ficou um bocadinho sentido por causa do perfume, mas eu guardei sempre o poema comigo, escrito pelo punho dela.*

Eu, sabe, andava ufórica, ele pôs-me de barriga, e quem é que me amordava (há aqui qualquer coisa nesta palavra...) a felicidade? Fazíamos planos, ele queria abrir um alfaiate, e à noite os barulhos dos noivos no quarto da senhora Rita nos ligava mais.

Até que alguém pôs uma fotografia do nosso passeio de riquexó na barbearia Central, em Nacala, e daí se falou demais e o zunzum chegou aos senhores. O Príncipe Ali veio de repente, de helicóptero, de

---

[81] Figura mítica de antes e após a Independência, Carolina Noémia Abranches de Sousa Soares (Catembe/Moçambique, 1926 – Cascais, 2003) foi uma poeta e jornalista moçambicana, muito importante para o incremento de uma consciência nacional. Entre 1951 e 1964 viveu em Lisboa, onde trabalhou como tradutora, mas, em consequência da sua posição política de oposição ao Estado Novo, teve de exilar-se em Paris, onde trabalhou no consulado de Marrocos. Não voltou a Moçambique senão já na velhice, para ser homenageada, mas o seu nome tornou-se lendário, a um ponto que durante trinta anos tal inibiu que tivesse aparecido uma outra mulher poeta em Moçambique. Curiosamente, o autor de *A Maldição de Ondina* foi seu 'sobrinho', pois foi casado com uma sobrinha de Noémia de Sousa. (N. do E.)

madrugada, e caçou-nos no quarto da senhora. Ainda hoje me tremem as pernas de pensar na encolha desse dia. Eu rezava para se abrir um buraco no chão. Para não nos meter na prisão, o Príncipe castigou-nos, e o Jean-Joseph foi mandado nessa noite para o Ceilão. E eu fiquei baba e ranho, de barriga viúva... o nino entende, rasgada por dentro de uma vergonha que me ficou sempre como uma unha na garganta. Foi um desgosto tão grande que me abortei, uma semana depois, perdi o menino e estive a morrer. Foi o seu paizinho, o sr. Doutor, que era um santo, quem cuidou de mim... e depois me deu serviço, que o Príncipe Aly não me quis mais. Do Jean-Joseph nunca mais vieram notícias, deve ter arranjado uma indiana, ou foi posto na desgraça não sei, E agarrei-me aos meninos, o nino e a mana, como a uma boia de salvação... Ai nino, que aliviada, de poder contar-lhe isto, sei que o nino não vai julgar-me... e de tanto lhe agradeço...

Há-de perguntar o nino, e depois do desgosto, porque não conheci eu outros homens e me fiz família. Convites não faltaram, que eu não era desarranjada. Mas tenho de confessar, nino César, que depois do Jean-Joseph todos os homens pareciam chão, poucachinchos, bons para adormecer formiga, o nino não ligue, mas às vezes penso se o amor, para dar gosto, não tem de ter um poucachinho de mal... e se isto é muito bom, assusta...

5

– Mãe, não posso passar a vida assustada porque ele me fez das boas, na idade em que se acredita piamente no amor – diz Argentina. – Tem conta as vezes em que ele também me fez feliz? Devo-lhe tanto, o que sou, ter saído, estudado. Mesmo as que aprontou ajudaram-me a repontar, tornaram-me mais autônoma e adulta. E como ríamos, meu Deus, que saudades... Que acha, mãe? É muito capaz que seja a nossa ideia romântica do amor quem dá cabo de tudo, isso é que nos impede de ver que uma pequena mentira, uma omissão, podem não merecer a quebra unilateral de confiança... – repete Argentina, bebericando no café de Madagáscar que trouxera à mãe, uma oferta da PCA da ONG. – Ó mãe, é tão bom este café! Vitória, já provaste? Que sina, gostar de alguém que tem a mania de voltar as costas às suas próprias emoções! É tão tuga, a mania de achar que o carinho é uma pieguice! Estava tudo naquela parábola do primeiro livro dele. Vocês leram? Eu dei-vos o livro. O anel mágico que realiza os sonhos de quem o põe e que torna as pessoas felizes e generosas durante algum tempo, até que se dão conta de que não conseguem passar a vida a só desejar o bem, que mais vezes do que gostariam desejam o mal de terceiros, ou têm desejos mesquinhos, egoístas. E o anel torna-se uma maldição. O César aplicou a parábola à história das mudanças políticas de

Moçambique, depois da Independência, mas serve igualmente para o amor. Temos de nos habituar a que onde há o bem, desponte a sua sombra e a aprender a equilibrar os dois pesos na balança. O amor não dispensa o perdão para ser... Se não conseguimos perdoar como esquecer? E se calhar só esquecendo é que o amor nasce e nasce... Isto foi a senhora que me ensinou, mãe... – conclui Argentina.

O céu àquela hora da tarde parece uma toalha de seda. Argentina corre a janela, assenta os cotovelos no parapeito, a caneca encaixada nas duas mãos em concha, e volta a abrir o coração aos seus dilemas:

– Ela é que o deixou... bem sei que temos de pesar os prós e os contras, mas se ele ainda há dias me fez aquelas propostas é porque continuo a não lhe ser indiferente. Não gostei da proposta, foi horrível... se calhar porque foi ele a ter a iniciativa e não eu, que sempre o amei... mesmo quando transformei isso em amizade pela Beatriz, que é uma pessoa boa. Mas se foi ela que o deixou... Ele mostra-se mais maduro, mais seguro de si, apesar do que me tem dito dos últimos dias... é natural... ele tinha que reagir mal. Falta-lhe um estímulo, algo que amorteça a queda... Mesmo que não fosse um recomeço, com que outro homem podia ter um filho, mãe?

Argentina sentia que tinha de decidir rápido, a proposta que lhe fora feita pela Sede da ONG, nos States, era irrecusável, mas significaria esquecer a possibilidade de ter uma família; uma solidão bem blindada pelo trabalho e as recompensas, mas sem retrocesso possível:

– É mesmo bom, este café... – repisa, antes de decidir. – Olhem, vão-me desculpar, mas vou já para baixo, amanhã tenho de almoçar com o César.

FOGO POSTO

1

É um dobermann magro como uma navalha, de dentes de coelho e voz estridente... que combinação! – pensa Raul, observando o Engenheiro Momade, um monhé[82] escuro, que gosta de percutir os incisivos de cima nos de baixo enquanto prepara a tacada. A cara não lhe é estranha, mas não a localiza e a feiota cicatriz de queimadura na face esquerda não ajuda.

O engenheiro joga bilhar mas podia atirar pedras ao vento, o desacerto seria o mesmo. É penoso ver alguém a insistir numa coisa para a qual manifestamente não está talhado, a investir em todos os seus gestos uma gravidade inadequada. O silêncio impera à sua volta, ou antes, é um ramalhar de catarros e tossidelas enquanto o seu parceiro, o mais merdoso dos medrosos, se deixa bater, falhando de propósito bola sobre bola.

É esta a abécula que se prepara para passar a controlar o tráfico na Zambézia, interroga-se Raul. O receio que os

---

[82] Indiano, originário de Goa, colônia portuguesa; a classe que se dedica ao comércio em Moçambique. (N. do E.)

outros lhe têm indica não ser flor que se cheire. Mas só contado, visto, à primeira, ninguém acredita. À primeira pareceria mais difícil desalojar um grilo da base de um altar.

Raul fica de sobreaviso face à reverência com que o seu parceiro, o inspetor Garcia, segue todos os movimentos de Momade. Um homem que esteve consigo em várias operações durante a Guerra Civil, destacado pelo Comando de Quelimane para o acompanhar ao quartel-general do mafioso – um armazém de retalhos com um recanto *privado*, algo penumbroso, onde uma mesa de bilhar se emparelha com a secretária de Momade.

Raul sabe que às vezes para se dar um soco é preciso dar um passo atrás, e que naquele momento, Momade não é o alvo, que o seu papel de momento é o de fornecedor de provas para inculpar o seu rival na região, o seu antigo sócio, esse sim eleito como alvo prioritário a abater. As drogas, o tráfico de toda a ordem, serão negócios dominados por Momade, o qual distribuirá as benesses por capangas, clubes desportivos e Partidos, até que o ímpeto emergente de um rival lhe traga os dissabores que agora administra.

Tinham chegado no momento de Momade tirar desforra do seu adversário e, na circunstância, o Engenheiro fazia demorar a cena, mostrava-lhes quem estabelecia as regras do jogo no seu território – extenso, do mais recôndito quinhão da Zambézia[83], àquele pano verde. Era preciso aguardar pacientemente que a partida acabasse.

Rebenta um estardalhaço lá fora, um corpo contunde na porta canelada, a dez metros. Um tipo de cara esmurrada, sangue ainda fresco na comissura dos lábios e bata de

[83] A Província onde se localiza a Beira, a segunda cidade do país, um porto de relativa importância na África Austral. (N. do E.)

técnico de saúde já muito manchada de baba e ranho, é empurrado para dentro do armazém.

Raul, vagarosamente, leva a mão ao coldre. Mas o Garcia mete a manápula dele sobre a sua, discretamente, sustendo o seu olhar a tiracolo no dele:

– Não... está tudo controlado. É o espetáculo *dele*... – e aponta com o queixo para Momade.

O engenheiro, sem perder o tino no jogo ergue uma das sobrancelhas e atira, à medida que foca a branca:

– Enfermeiro Iussuf, seja bem vindo.

O outro vacila, incapaz de juntar três sílabas seguidas.

Os dois capangas dobram o homem, que é o enfermeiro do hospital, e metem-lhe a cabeça sobre o pano verde.

– Diz uma vogal... áaa ... – o engenheiro abre a boca a mostrar como o outro deve fazer. – Assim... – repete – áa...

O outro nada, e um dos capangas dá-lhe uma bordoada na cabeça. O engenheiro estala a língua e insiste: áaa...

O outro abre muito a boca, com sangue, nas comissuras.

Momade dispara a bola branca, com força, partindo-lhe um dente.

– Sempre gostei do nome deste jogo: 31. Desde Coimbra, onde tirei o curso, percebes? Claro, pode lá perceber, o amigo Iussuf é um beirão que nunca visitou Coimbra[84]... E como até aqui não entendeste o milando[85]

[84] Coimbra é a mais antiga e famosa cidade universitária portuguesa e era considerado de muito prestígio para todo o território ultramarino ir para Portugal tirar um curso em Coimbra. (N. do E.)

[85] O sarilho, a complicação. (N. do E.)

em que te meteste agora jogamos ao teu 31... dívidas do jogo são sagrados, esta é uma lei antiga... Não concorda, inspetor Raul? O Inspetor conhece Coimbra?

Raul vê-se compelido a responder. Ampara com a mão um catarro:

– Fiz lá uma especialização, no comando da Judiciária.

Momade coloca outra bola no ponto, ajeita-se para dar uma nova tacada, desta vez batendo por baixo, para levar a bola a arquear.

– Agora um olho. É o que nos tempos antigos se chamava "um olho à Belenenses..."[86]. Outros tempos, em que o belenenses cantava de galo, mas ficou-me o jeito...

– Não, eu pago. Amanhã tenho o dinheiro... juro...

– Levantem-no... Saquem-lhe a carteira... – os outros tiram-lhe a carteira do bolso e dão-lha. Ele examina-a, tira uma fotografia de uma mulher, bonita; mostra-lha. Pergunta:

– É a tua mulher?

O outro anui com a cabeça.

– Filet mignon... – elogia Momade, e pega num isqueiro e acende-o, fazendo arder a fotografia, que cai em cinzas sobre o pano verde:

– Hum... – sublinha. – Adoro pôr cornos adormecidos a escaldar... estamos entendidos, ou quase?

Volta um dos capangas. Pergunta:

– Que fazemos mesmo com ele?

– Não há modo de um homem ser honestamente

[86] O Belenenses é um clube de futebol de Lisboa que uma vez ganhou o campeonato nacional, interrompendo uma série de vitórias do Benfica, pelo que então se criou a expressão popular "ficar com um olho à Belenenses", para significar o efeito de uma qualquer incidência inesperada. (N. do E.)

atropelado nesta terra?

– Ok. Chefe...

– O essencial nesta atividade é o silêncio e a cooperação. Estamos entendidos... ou quase?

O enfermeiro Iussuf sai, agradecido por estar ainda momentaneamente vivo, como um pássaro aturdido pela serpente.

Toca o celular do Engenheiro Momade, que olha para Raul e lhe concede uma explicação:

– O Inspetor, perdoe-me, já iremos ao nosso assunto... é um momento...

Depois atende o telefone, numa voz macia, a cordialidade em pessoa:

– Coronel, que prazer... Gostou da companhia que lhe arranjamos em Quelimane? Ainda bem Coronel, ainda bem... Como?... Quanto a isso, esteja descansado... Nunca seremos incomodados... – sublinha – por ninguém... O coronel não tem que se preocupar... – ri – nós não branqueamos dinheiro. O nosso dinheiro vem de juros... Olhe, sugiro que o coronel abra o jornal... O Notícias. Tem-no diante de si? Ótimo... na página 12, leia: as comunidades da província de Nampula ainda aguardam os 20 por cento das receitas provenientes da exploração madeireira, terminada em março de 2007. Já leu? Vão receber tudo para a semana. Como sei? (mostra os dentes, deliciado com o som da sua própria voz) Sou um dos sócios da empresa, eu e o ministro que secundo no projeto dos hotéis. É com os juros do licenciamento provindos de uma instituição bancária das Canárias que vamos avançar para os hotéis. Demoramos a pagar a Nampula porque pretendíamos multiplicar e produzir riqueza. Eles recebem o que é de direito com uns meses de atraso e nós avançamos com um empreendimento turístico noutra província, que irá incrementar o desenvolvimento local. Tudo limpo, e avançamos só com capitais moçambicanos... já viu? O problema é que as pessoas não se convencem de que Roma e Pavia não se fizeram num dia... e para transformarmos este problema em vantagem, só nos falta, Coronel, que você licencie a obra... e assim encetaremos o nosso combate contra a pobreza no seu distrito... Tudo dentro da lei... desta (catarreia) nos-sa lei... antiga... perdão... Coronel estamos entendidos... ou quase?

É o espetáculo dele, remói Raul – e quem recebe para ele se dar a estes tristes espetáculos, quem recebe para que ele possa exibir o miserável show da sua impunidade, interroga-se, mirando de viés o fascinado Garcia.

– Agora nós... – dirige-se-lhe Momade, sorrindo prazenteiro, após ter colocado o auscultador vermelho no encaixe. – Importa-se que eu fume? Recebi ontem uns havanas... – abre uma gaveta. – Uma coisa de categoria... – estende-lhe um. – Aceita um, inspetor?

– Obrigado, deixei de fumar... – recusa Raul.

– O major faz bem...

– Coronel! – retifica Raul.

– É boa, não importa. Esta gaita – fala dos charutos – é uma ilusão... e o que importa é quanta realidade podemos manobrar, não lhe parece – contrapõe Momede, voltando-lhe a estender a caixa, com um tom de voz que não admite uma desfeita.

Desta vez, Momade pousara a caixa na palma da mão e ao estender o braço desponta de sob a manga da camisa a cabeça de um licorne tatuado:

– Uma vez não são vezes, *capitão*...

– Que seja então, pela morte do Fidel! – diz Raul, aceitando o charuto.

– O *capitão* tem umas tiradas... – contesta Momade, dando a volta à secretária, enquanto acende o isqueiro. Depois, antes de chegar a Raul, apaga-o, cerra as duas mãos em concha e junta-as firmes junto ao peito, num movimento oscilatório:

– É isto que realmente cria laços entre os homens, o fogo... o fogo liga os homens... para o companheirismo, para o ódio, o fogo é uma atadura... não acha, *capitão*? – e estende-lhe a chama.

– Coronel... – repisa Raul, sem que Momade dê parte fraca.

Pela nesga da porta canelada, Raul vê que se põe uma noite cor de ferrugem, e ouve os primeiros acordes de uma marrabenta: *"k'há n'pfa ndy nga psi tive/Eh psaku ku unandi ka Mandjólò"*.

– Sabe quem é, pergunta o Engenheiro? É o meu sobrinho, casado com uma sobrinha minha. Eu é que lhe dei o dinheiro para a gravação... o rapaz tem jeito.

Raul reconhece a música, é a mesma que ouvia vezes a fio, do oitavo andar, antes de ter ficado à morte. E Momade volta a enfiar-lhe a chama do isqueiro à frente dos olhos. Raul acende o charuto e nesse momento vem de chofre:

1990, a guerra civil está no auge. Raul comanda o assalto a um navio cheio de munições destinadas à Renamo[87]. Liquidam a resistência. O navio é um palco de chamas, e, antes que o fogo chegue ao porão de carga, Raul

[87] Nome do movimento que iniciou a Guerra Civil após a Independência e que hoje é um dos desmoralizados partidos da oposição. (N. do E.)

tentar salvar civis que o navio transportava, alheios ao tráfico. A última canoa fica rapidamente apinhada, só resta um lugar no salva-vidas e há um monhé e uma criança no portaló. Raul tenta apanhar os dois, agarra primeiro a mão do homem, a canoa é sacudida por uma vaga e, no esforço de não o largar, Raul vê a tatuagem no seu pulso – um licorne. Mas, no último instante, batido o salva-vidas por outra vaga no movimento inverso, um dos civis grita, identificando aquele sobrevivente como o comerciante de armas; Raul empurra o monhé e puxa pela mão aflita da criança. Ouviam-se os gritos do monhé, antes da explosão no porão, mas estavam demasiado ocupados a afastarem-se da zona de perigo.

Raul tira o charuto da boca e tosse: foi a si que entregaram. Entre si e Momade há um encaixe de mandíbulas.

Momade conduz-lo, a mão nas costas, a palma empurra-o exatamente em cima da sua cicatriz. Caminham para o portão do fundo:

– Cuidado, capitão, o fumo é como uma mulher, não podemos dar-lhe tudo à primeira... – e mete-lhe a mão no ombro.

Um átimo de segundo depois de ouvir a detonação nas suas costas, um milionésimo antes de sentir o impacto da bala, Raul está pronto a apostar que quem premiu o gatilho foi Garcia.

2

Ela toca-lhe a mão. É mais que um gesto de carinho, ou a face momentânea do passado. É a generosidade de quem arde, e deixou de se resguardar como um grande segredo num cofre de sigilos.

Diz-lhe:

– O filho que perdemos, quero recuperá-lo agora, contigo... se quiseres...

Ele devolve, lacônico:

– O filho que *perdeste*...

Ele quer que ela repare na mudança do verbo, que o ache desafetado, frio, e pense que se equivocou na decisão de ter dado o passo. Quer que ela pense que a revelação dela é agora um entrave decisivo entre os dois. Para ele o episódio quase não tem importância, ele é que a forçou com as suas traições. Um filho de ambos era importante – ela, agora, é mais. Mas ele agora tem de fazer parecer o contrário. Tanto que havia a contar-lhe. Há uma semana atrás, não haveria para César reviravolta mais festiva, salvação que recebesse melhor: reencontrar o seu olhar amadurecido no côncavo dos dias.

Nunca a deixara de amar, apesar do intervalo fluido com Beatriz. Como duas faces da moeda, um rio que se bifurca em desvairados rumos sem perder a memória da fonte. E seria tão simples, não seria preciso desalojar nada dentro de mim, renunciar a coisa alguma. Seria um regresso a uma leveza inicial, a uma inumerável e oculta tranquilidade.

Mas continua:

– Vi um caracol arrastar-se sobre o fio de uma navalha. É esse o meu sonho... Vi um pai com um filho que lhe pingava da narina. Devorava-o quando lhe chegava à boca. É esse o meu sonho...

A mão dela retrai-se. Ele não hesita, tartamudeia:

– Em Múrcia, em Es-pa-nha, há uma grávida... uma grá-vi-da cuja pele se apresenta eriçada, e-ri-ça-da, como se com-concebesse um porco-espinho. Conheces, o porco - o porco- espinho? É esse o meu sonho... ISSO... esse... isso... iiisso...

E dá um largo gole no vinho. Torna a encher o copo, avidamente.

Ela nunca o viu assim, gago, o olhar fugidio do camaleão, sem um fio de raciocínio, a dizer coisas incongruentes. Ela nunca o viu num estado em que as palavras sofrem de asma, ou correm como correntes encharcadas de óleo. Olha-o receosa. Nem tudo é dissimulado, não há trapaça. Não se finge a loucura. César só estica a corda. Mas já lá está preso por molas de madeira. É preciso que ela me julgue inacessível, instável o suficiente para que constituísse uma loucura não aceitar a oferta que lhe fizeram, pensa.

– Lembras-te do Cristo maconde na Ilha[88]? – pergunta.

– Aquele Cristo sem braços?

– Tens a imagem presente no teu espírito?

– Sempre me impressionou.

---

[88] Cristo maconde: os Macondes são uma etnia do norte de Moçambique, da Província de Cabo Delgado, exímios escultores de madeira. (N. do E.)

– Estás a vê-lo? Se te espreitar na retina é a imagem que encontro?

– É a imagem mais violenta que conheço.

– Mostra-me... – o rosto de César aproximou-se do dela, fixa-lhe a retina.

– Engoli-o... – volta à posição inicial.

– Que dizes tu? Estás a assustar-me.

César cala, o olhar fugidio. Ama-a, mas desta vez não pode ser oportunista, não lhe pode dizer a verdade. Seria tão indigno o conforto de saírem do restaurante para casa dela, o prazer de a amarrar nos seus braços, nas suas ancas, que lhe encobririam o pavor.

– Estás assim por causa dela?

– Uma mulher? Uma mulher não passa de vinte unhas...

E volta a calar, resvaladiço. Sorve o copo num gole. Volta a enchê-lo.

Meu amor, como estás bonita – pensa – encontraste o teu esplendor agora, a fazeres quarenta. Mas tenho de ser mais mudo que as pedras. Não te posso dizer como te amo, não te posso dar o que sempre quis. Porque *eu sei* e não há honra em partilhar o inferno.

3

O sarro da manhã, repescado pela insônia dos vagabundos. Acorda com as veias numa espiral de agonia que a luz no rosto acentua. Franze os olhos, César gostaria de abri-los mas as pálpebras resistem, pesadas, de mercúrio. Roda o corpo, para ficar de costas para a janela, e soergue-se sobre o cotovelo. Combalido, mal-disposto, uma moinha atravessa-lhe a cabeça como uma folha-de-flandres[89].

Levanta-se a custo do desconfortável sofá, no escritório, onde voltara a adormecer nessa noite, e vai baixar o estore. O telemóvel dá sinal de entrada de mensagem. É Filipa, que lhe pergunta se está acordado. Retribui-lhe. Ela atende.

– 'Tás vivo?

– Na verdade não sei, se visses a buba que apanhei ontem.

– Que se passa?

– Depois conto-te. A propósito, a Aurora alguma vez te contou dos seus amores na casa do Aly Kahn.

– Não...

– Pede-lhe... vais-te surpreender e muito. Agora, diz lá, do jantar.

– Foi incrível. Devias ter visto.

---

89 Chapa de zinco ondulada, usada para os telhados. (N. do E.)

– Ela mostrou-lhes?

– Primeiro encheu-lhes a pança. Depois da sobremesa veio à mesa e disse-lhes: eu não quero ir daqui para fora para ser examinada. Vou tirar a luva e os senhores têm de me respeitar. Se não for assim não a tiro.

– Calculo a coisa.

– Não calculas, porque havia dois dedos bambos na luva.

– Bambos como?

– Perdidos.

– Não entendo.

– Escuta, eu tinha de traduzir, a maior parte deles só falava inglês. Ela explicou-lhes, a minha vida não tem história, foi um instante que não me pesou e não quero que isso mude...

– E eles?

– Respeitaram, na maioria. Até o Nhiatitima, que andava tão agitado, tão cheio de embófias patrióticas teve de submeter-se ao segredo. E então ela tirou a luva...

– Diz, diz, diz...

– Se houver silêncio na lua, já o ouvi. Estavam siderados. E ela mexia os dedinhos. Todos menos o polegar e o indicador.

– O polegar e o indicador?

– Não os tinha.

– Não...

– Sim.

– Não lhe doía?

– Aparentemente, não. Eu estava ao lado dela, a traduzir tudo.

– Como é que?

– A explicação dela foi o melhor do encontro. Disse: A Ambrósia a minha ajudante anda aluada, de paixão por um rapaz da ilha que é polícia. E então esqueceu de comprar alguns ingredientes, até sal... Eu perdoo-lhe que também já fui nova e *perdi as 'tribeiras*, como se diz, e não foi poucachinho... os senhores perdoem-me a maneira de falar, sou mulher de cabeça mole e pouco instruída. Mas eu estava para lhes fazer um pratinho, que pedia muito sal, e faltou-me... Num encontro assim, com tanta gente boa, não me perdoava se faltasse algo e tive de recorrer ao que tinha... Ficou toda a gente interdita... Até porque a serenidade, a boa disposição dela era tanta... irradiava conforto... E então sossegou-os: "Senhores doutores, como dizia o meu pai, cada um chega sempre àquilo que é..."

A MALDIÇÃO DE ONDINA

Assim que César abriu a porta recriminou-se por estar naquele desalinho. Tinha a barba por fazer, o cabelo numa rodilha, peganhento de suor, e o seu hálito encheria de pavor as colheres de prata. À sua frente apresentava-se uma mulher bonita, elegante, com uns olhos que cegavam o exterior ao seu perímetro. Passou a mão pelo cabelo, tentando compô-lo atabalhoadamente, antes de perguntar:

– Bom dia, em que posso servi-la.

– César?

– Sim.

– Venho da parte do Raul... – diluiu-se um cubo de silêncio no sangue de César. – Posso entrar?

– Entre... – tartamudeou César, compreendendo de imediato a natureza da visita.

Encaminhou-a para a sala, apontou-lhe um sofá.

– Acabei de fazer um café, aceita?

Voltou com as chávenas de café e o açúcar. As mãos tremiam-lhe. Não era só da ressaca. Ela estava à janela e a metade da face que mantinha à luz estava ligeiramente crispada. César serviu-lhe duas colheres de açúcar, num aceno ela confirmou que era a sua medida. Ele serviu-se, sentou-se, deu um gole e interrogou:

– Desculpe, como se chama?

– Digamos que sou a vizinha do sexto... É melhor ficarmos por aqui...

– Do sexto?

– Hum, hum...

– Desculpe a minha surpresa, ele tinha-me dito que tudo ficara mal, entre vocês...

– Era suposto a nossa relação ser secreta, anônima... senão não estaria aqui a entregar-lhe... esta chave.

Tirou pela cabeça um fio de ouro que tinha sob a camisa, e onde se pendurava uma pequena chave. A chave do cacifo.

– Compreendo... Mas confirma-se... que o Raul...

– Vai ser anunciado esta tarde. Foi uma armadilha.

– Sabe o que contém o pacote?

– Matéria escaldante... – abre a mala e tira um documento que lhe entrega. – E trouxe-lhe o passaporte do Artur. A vossa presença no país não pode passar de hoje, compreende? Deve ir buscá-lo à escola às 15 h, que é a hora em que ele costuma sair, para não levantar suspeitas, e encaminhar-se diretamente para a fronteira... O Raul, antes de ir para Quelimane, informou na Escola que poderia ir o César buscá-lo...

– Você é da Procuradoria, não seria mais eficaz?

– Não se desmonta uma bomba de dentro para fora...

– Compreendo.

– Sabe que o Raul gostava muito de si. Dizia que lhe devia muito...

– Devia-me muito? Ele nunca *lhe disse*?

Ela parecia não o ouvir:

– A Maldição de Ondina. Nunca me esquecerei. À sua maneira é o problema de África, não lhe parece César? Não conseguimos dormir completamente, e por isso não conseguimos esquecer... estamos em eterna vigília sobre o nosso passado e os nossos mortos e os espíritos não nos deixam esquecer... E sem conseguirmos resgatar a capacidade de esquecer, não conseguimos superar o ressentimento e atingir o perdão. É o que nos trama. Pelo menos foi assim que eu li...

César não sabia que dizer. Levantou-se, incomodado:

– Tem razão... Bom, desculpe, tenho de me arranjar, tenho quatro horas para deixar tudo para trás...

– Claro, talvez um dia...

Antes de sair, olhou César nos olhos e indagou:

– Contamos consigo?

– Sim... – murmurou César.

Há quanto tempo não se punha aos berros no duche? Alguma vez se tinha posto a urrar daquela maneira? Fechou a torneira da água quente; o jorro de água foi esfriando, minutos, até sentir que o corpo fora ejetado para o espaço. Batia o dente.

Em meia-hora arrumou uma pequena mala e passou para a pen os documentos que achava imprescindível salvar. Felizmente estava em férias, entre semestres, na Universidade. Encheu um copo de uísque e sentou-se no cadeirão do escritório. Tinha uns minutos para se despedir.

Lá fora, chovia a potes. Incrível, como o tempo mudara em poucas horas. Puxou os estores para cima, bátegas espessas como brita açoitaram o vidro. Esvaziava-se a hora? A chuva ratava o capot dos carros. *Dá medo fechar os olhos num mundo em que as gotas de chuva não são inocentes*, prometeu apontar mais tarde.

Jeanne – em que sonho? – tinha-o nomeado emissário. Emissário de quê? Raul passava-lhe a batata quente. Sentia-se perplexo, atado a um desígnio e duplamente perplexo. Reagimos a quê, quando já nem o vento se levanta para perguntar por nós e o mundo é uma garganta degolada, sem pés nem cabeça? Talvez fosse o emissário daquele cego, sobre o qual esboçara um apontamento e que descobriu que via quando derramava o sangue de outrem.

César sentia-se encurralado, sem uma ponta de passado que lhe pudesse acudir. Despovoava a inocência, não lhe parecia ser momentâneo, e do ínfimo ao interminável tudo lhe doía, tudo era um sinal, um aviso: frágil traficante de sombras. Nos tempos de glória da psicanálise chamar-se-ia a esta condição A Paranoia. Agora seria apenas um novo talento a explorar na televisão, com direito a votação por msn.

A cabeça lateja-lhe. Pega um livro na estante. Agarra-se a um livro. Já não sabe estar só. Quando está só a ressaca aperta. Lê uma linha: "scrivo in vento...", até o Petrarca lhe lembra que o espírito sopra de onde quer, aleatoriamente, que nada comandamos. Abre outro livro, outra página ao acaso, lê, desta vez em voz alta: "resolvido a matar/ gritou *en garde*,/ visando o lado direito e/ o florete entrou no espelho/ e atravessou-lhe o coração, nítido/ como um ás de copas". Repete: o coração, nítido como um ás de copas... Nítida, como um ás de copas, a aposta. Mas quem tem as vasas?

Dá um gole. Abre o rádio. Sintoniza a *Sic Notícias*. "O Chile, pela voz da sua presidente, Michelle Bachelet, anunciou a proibição da caça à baleia...", anuncia o locutor. Não era mais necessário, pensa César, a própria presidente vai parir uma baleia branca. E o corpo de Raul é sacudido de alto a baixo, ondeado, por uma gargalhada que não para; ri como se engolisse o mar.

Posfácio

ANTÓNIO CABRITA E O FUTURO DA LUSOFONIA

Por Adelto Gonçalves (*)

A África não dorme. Vive em eterna vigília. Essa é a metáfora que explica *A Maldição de Ondina*, do português-moçambicano António Cabrita (1959), livro que tem tudo para empolgar o leitor brasileiro não só por suas qualidades literárias como pelas marcas de várias culturas afins ao Brasil que impregnam suas páginas. Como toda boa metáfora, o título *A Maldição de Ondina* tem duplo sentido. Ou seja, explica o fenômeno que faz parte da natureza intrínseca dos golfinhos, mamíferos que não podem dormir jamais, já que, para sobreviver, necessitam vir à tona de cinco em cinco minutos para respirar. E, portanto, não podem esquecer a condição em que vivem, sob o risco de desaparecerem.

Não se pode esquecer que a referência à Ondina, ninfa das águas na mitologia germânica, serve também para qualificar uma rara síndrome – em 2006, havia apenas 200 casos conhecidos no mundo –, cujas formas graves exigem que a pessoa receba ventilação mecânica 24 horas por dia. Ou seja: vigília ininterrupta.

Mas explica também o sentir e o estar africano ao longo dos séculos. Um povo – feito de muitas nações, etnias e tradições milenares – que está condenado à permanente vigilância, diante daqueles povos que se mantêm sempre à espreita para espoliá-lo, como fizeram os europeus por séculos a fio. E, agora, ao que parece, fazem os chineses, os colonizadores do século XXI, que estão a explorar as florestas do Norte de Moçambique até o ponto de transformá-las em vasto deserto. Sem esquecer aqueles que saem do próprio povo africano – que, afinal, é resultado de muitas e distintas etnias – e que, no poder, acabam também por espoliá-lo. Mas essa não é uma característica do africano, mas da espécie humana, seja lá qual for a sua matiz de cor.

Portanto, não se quer dizer aqui que, se a África tivesse ficado imune à presença do europeu e de povos como indianos, hindus, goeses, mouros, cojás e tantos outros que a assolam desde tempos avoengos, teria tido um destino melhor. Ou que, hoje, seria um continente sem problemas, um paraíso terrenal em que Deus pudesse passear tranqüilo no jardim pela viração do dia.

Pelo contrário. É provável que estivesse imerso em mais obscurantismo, ao menos sob o prisma da visão eurocêntrica que nunca iremos perder. Não é isso o que se contesta aqui: até porque essa é uma opção irremediavelmente perdida na História. E que remete ao lamento do poeta Manuel Bandeira (1886-1968) sobre *a vida que podia ter sido – e que não foi.*

A África é o que é hoje. E ponto final. Entrecruzamento de raças e etnias, suas mazelas – a miséria de muitos povos, a falta de perspectivas para muitos, a opressão de uma classe sobre outras – são iguais às de todos os homens que vivem na Terra – uns mais, outros menos. Uma espécie de Brasil nenhum pouco às avessas. Se aqui o partido que se dizia de esquerda e defendia os oprimidos chegou ao poder pelas vias da democracia chamada burguesa e, naturalmente, não o quer largar, ainda que tenha de recorrer a meios inconfessáveis, ao estilo das antigas máfias napolitanas, lá o partido dos oprimidos, a Frente de Libertação de Moçambique (Frelimo), alcançou o poder pela força das armas, depois de ter, primeiro, colocado o colonialismo para correr e, em seguida, em meio a anos de contendas e mortandades, destruído pelos fuzis adversários que tinham os mesmos objetivos.

No poder, num congraçamento entre "marxistas-leninistas arrependidos" e oportunistas incrustados nas máquinas partidárias, tanto lá como cá, os partidos e seus dirigentes logo esqueceram os miseráveis que tanto defendiam, deixando-se levar pelas delícias do dinheiro fácil das grandes corporações nacionais e internacionais, que, afinal, ninguém é de ferro e a vida é uma só e tem de ser vivida à larga, ainda que à custa da dilapidação do patrimônio público, da corrupção generalizada, do gangrenamento da vida da nação e da destruição dos bens naturais do país. Tudo em troca de "consultorias", "sobras de campanhas" ou "numerário não contabilizado", conhecidos eufemismos brasileiros para a maldita taxa de corrupção e outras formas de enriquecimento ilícito. Obviamente, sempre revestidas por "bazófias patrióticas", como diria o autor.

É o que se pode sentir neste romance de Cabrita, um retrato de uma África pouco conhecida no Brasil, mas facilmente reconhecível, que se desenha na vida de meia dúzia de personagens: César, luso-moçambicano, professor e escritor de romances policiais; Raul, amigo de César, policial; Beatriz, mulher de César e professora universitária na área de Literaturas Africanas; Argentina, concubina de César por dez anos e gestora numa ONG; Aurora, antiga ama-seca de César e sua cozinheira; e Filipa, irmã de César e médica. Além de outros personagens secundários apenas citados, como a famosa atriz Rita Hayworth (1918-1987), estrela de *Gilda* (1946), que, entre outros casamentos, viveu com o príncipe Aly Khan, de 1949 a 1953, num palácio na Ilha de Moçambique, para quem, no romance, Aurora – provavelmente, macua ou maconde – teria prestado serviços culinários.

Por trás de tudo, um pano de fundo facilmente reconhecível: uma estrada de terra batida é aberta só para que presidentes (das câmaras) de duas cidades e secretários do partido se visitem; um presidente da câmara de Maputo é atropelado de modo acidental, mas ninguém acredita na versão oficial; enfim, crimes que nunca se explicam, como aquele com o qual o policial Raul se vê às voltas com investigações a respeito de pessoas que desviaram dinheiro para o partido, mas para os quais o partido volta as costas. Como nesse tipo de regime o agente policial anda sempre sobre o fio da navalha, dependendo das facções que estão no poder, Raul trata de colocar as barbas de molho, pois teme que o seu fim possa estar próximo. E pede a César, que nunca teve filhos, que leve o seu "miúdo daqui para fora", pois não quer que fique com a mãe, em Quelimane, pois "isso seria condená-lo a uma vida medíocre...". (pág. 159).

Observador arguto do linguajar moçambicano, Cabrita constrói os diálogos com fidelidade à oralidade, o que permite suspeitar que, em pouco tempo, o idioma de Camões estará totalmente substituído pelo de Shakespeare não só em terras que foram do sultão Mussa Bin-Mbiki como em todo o antigo e vasto império Monomotapa e nas antigas terras do reino do Ndongo, cobrindo todo o "mapa cor-de-rosa" imaginado, um dia, pelos colonialistas lusos. Até porque a Comunidade dos Países de Língua Portuguesa (CPLP), como organismo internacional, não passa de uma bela fantasia. E, até prova em contrário, pouco faz em defesa da lusofonia. Que o digam os rebeldes da Casamansa, província do Senegal, que desde 1982 empreendem uma inglória guerra de guerrilha para se livrar da opressão do governo de Dakar e virar país independente na órbita da CPLP.

Cabrita nasceu português de quatro costados, pois é do Pragal, freguesia do concelho de Almada, cidade do distrito de Setúbal, que fica à entrada do rio Tejo, em frente a Lisboa. Mas, como muitos de seus ascendentes, achou de tentar descobrir na África, não a árvore das patacas dos quinhentistas, porém outra maneira de viver. Quem sabe, menos morna e asséptica, porque sob o sol africano e em meio a ameaças físicas e até contagiosas. Como gosta de viver na contramão, foi para Maputo há poucos anos, a uma época em que raros lusos se dispõem a ir para a África e os que de lá retornaram choram até hoje o "império colonial derramado". Não se arrependeu, pois encontrou material, o chamado "tecido da vida", para escrever novas e surpreendentes histórias como estas que o leitor brasileiro tem a oportunidade de conhecer.

O que se lê neste romance, para quem conhece a vida nas favelas e subúrbios das grandes e médias cidades brasileiras, não haverá de surpreender. Talvez uma ou outra expressão autóctone que o escritor esclarece devidamente em notas de rodapé. Um personagem era bem visto pela comunidade porque colocara a filha a estudar – já estava na 11ª classe –, ainda que o seu verdadeiro negócio fosse o tráfico. Outro, que exibia uma cara da ratazana, tinha duas mulheres e nove filhos e vivia de biscates. Um terceiro, professor primário, fora abandonado pela mulher, depois de tê-la espancado até quase à morte, com oito meses de gravidez, por causa de ciúmes do pastor.

Em meio a uma natureza paradisíaca, a violência doméstica é corriqueira em algumas aldeias, onde o isolamento parece enlouquecer os homens. *"As pessoas catanavam-se à primeira, por medo, cativos. À mínima tensão o marido acusava a mulher de feitiço e a família dele acabava por catana-la, a cobro da noite (...)"*, diz Beatriz (pág. 200). Catanavam-se, ou seja, cortavam-se com facão.

O estilo de Cabrita é de fácil e envolvente leitura, ainda que os capítulos em *flash* nem sempre permitam acompanhar o foco da narrativa ou o fio-condutor da trama com facilidade, exigindo novas e detidas leituras. O texto, porém, vale por si mesmo, pois não deixa de explorar todas as técnicas desenvolvidas pelos grandes mestres da literatura. Com mestria, Cabrita recorre ao discurso indireto livre sempre que pode: "*(...) A sua mãe, farta daqueles modos, resolvera voltar a casa e levar as crianças, advertindo-a na porta, esta gente não presta, se armarem confusão fala com o polícia do sétimo".* (pág. 19).

A história, porém, é conduzida em torno de César, uma espécie de *alter ego* do autor, professor, intelectual que vive rodeado de livros, casado com Beatriz, mas que teve uma amante com o sugestivo nome de Argentina. Filho de "boa família portuguesa", que é como se diz daquelas famílias que conseguiram amealhar um bom patrimônio e dinheiro no banco, César não hesita em chantagear o pai, em troca de que este o deixe levar consigo a amante negra para com ele estudar em Lisboa. Afinal, o pai sabe que ele sabe de sua segunda mulher, "a quem instalara casa nas Torres Vermelhas, em Maputo". O silêncio vem "em troca de uma passagem para Argentina e de um aumento chorudo na mesada".

Se não conseguiu entrar no curso de Direito como o pai ansiava, enquanto Argentina concluía o de Economia, César ganhou fama com seu primeiro romance policial, a que se seguiram outros. Quando se sentia secar por dentro, retornava a Moçambique em busca de reciclagem e renovação. Depois de anos com Argentina como amante, resolve casar a sério com a professora Beatriz, talvez em busca de uma união estável. Mas aqui não há como deixar de pensar que, para ele, as "pretas" só servem como amantes, ainda que Argentina seja uma mulher extremamente culta. Ranço do racismo colonialista, quem sabe. Mas, quando o casamento com Beatriz entra na fase morna, César volta a Moçambique, atrás novamente de Argentina, que, a essa altura, também voltara para a África de olho num mestrado no Zimbábue.

Quando está às vésperas de reatar com Argentina, quem sabe para finalmente constituir uma família e uma velhice tranqüila para ambos, o destino o leva para outro rumo. Por lealdade a Raul – morto numa cilada em Quelimane, provavelmente por um colega de profissão, vítima de alguma intriga política –, terá de assumir o filho do outro para colocá-lo longe da África. E garantir-lhe uma vida melhor.

Eis a metáfora de volta: na África nunca ninguém poder dormir, o que significa que não se pode esquecer o passado, essa assombração que vai aonde quer que se vá. Em outras palavras: como não podem esquecer o que lhes fizeram, os africanos não conseguem superar o ressentimento e atingir o perdão. Nem perdoar os outros nem a si mesmos. Essa é a maldição que paira sobre a África. A maldição de Ondina.

(*) Adelto Gonçalves é doutor em Literatura Portuguesa pela Universidade de São Paulo e autor, entre outros, de *Gonzaga, um Poeta do Iluminismo* (Rio de Janeiro, Nova Fronteira, 1999), *Barcelona Brasileira* (Lisboa, Nova Arrancada, 1999; São Paulo, Publisher Brasil, 2002) e *Bocage - o Perfil Perdido* (Lisboa, Caminho, 2003).

Esta obra foi impressa pela Gráfica EME, Av. Brig. Faria Lima, 1080, V. Fátima, cidade de Capivari, Estado de São Paulo, Brasil, para a Associação Cultural LetraSelvagem em julho de 2011